再生

石田衣良

角川文庫
17403

再生

雨の音がきこえた。

雨音には針でもばらまいたような、とがった金属の響きがのっていた。十二月の朝だ。きっと霙《みぞれ》まじりの冷たい雨なのだろう。古村康彦《こむらやすひこ》はベッドサイドの目覚まし時計に目をやった。六時五十分、ベルが鳴る十分まえだった。また灰色の一日が始まるのだ。鳴らない目覚ましのスイッチを押して、康彦はベッドから離れた。

3LDKのマンションはまだ新築のようだった。子どもをふたりつくる予定で、細かく部屋割りされたこの物件に決めたのである。今では、もうその可能性はなくなってしまった。康彦は寝室をでて、暗い廊下をすすんだ。ななめむかいのちいさな寝室が耕太《こうた》の部屋である。ドアを開けて、声をかけた。

「おはよう。朝だぞ、耕太」

返事はなかった。子ども部屋にはいっていく。天井からは保育園の工作の時間につくった画用紙の魚がさがっていた。青い紙に手でちぎった銀の鱗《うろこ》が粗く貼ってある。

「おい、耕太」

康彦は男の子の肩に手をかけようと、かがみこんだ。やわらかな髪はくしゃくしゃに乱れている。横顔を見て、凍りついた。涙の跡が灰をなすったように白く残っていたのだ。白く乾いた跡は目じりから、耳のほうへと流れている。この子もまだきっとつらいのだ。

康彦は深呼吸して、伸ばした手をもどした。まだ時間はある。もうすこしだけ眠らせておいてやろう。ため息を殺して、郵便受けに新聞をとりにむかった。また今朝も新聞には世界の暗いニュースばかりがのっているだろう。人間というものは、自分の不幸だけでは満足できないのだ。よほど他者の不幸に飢えた生きものなのだろう。


あの寝顔を見たあとでは、朝食づくりに力がはいった。ネクタイを締めた白いシャツのうえに、梨枝子《りえこ》が残したエプロンをする。メニューはカリカリに焼いたベーコンにタコのソーセージ、スクランブルエッグとヨーグルトであえたイチゴとリンゴのフルーツサラダである。パンはしっかりと歯ごたえのある全粒粉のイングリッシュブレッドだ。耕太は目をこすりながら、リビングにやってきた。

「もうすぐできるぞ。テーブルに座れ」

「うん」

耕太はいつも返事がちいさな子どもだった。テーブルに皿をならべてやる。

「さあ、たべよう」

康彦は半分に切ったトーストのうえに卵とベーコンをのせてやった。ついでにケチャップをハート形にかけて、『トイ・ストーリー』の皿にのせてやる。自分は新聞を読みながら、ソーセージを口に放りこんだ。よく焼いたソーセージの皮は、歯があたった瞬間にぱりっとはじける。

小学校でいじめ自殺。不倫のニュースキャスター降板。中東で爆弾テロ。いつものニュースを読んでから顔をあげた。耕太はパンに手をつけていなかった。顔色はどこか青さをひめた白だった。肌がきれいなところは母親に似たのである。

「どうした、たべないのか」

六歳の男の子は力なく首を横に振った。

「ママのおにぎりがたべたい」

こたえにつまった。ママはいないのだ。この瞬間、どこかで生きているわけでさえない。そういいそうになって、無理やり笑顔をつくった。

「わかった。パパがつくってあげる」

冷凍庫のなかにごはんが残っていたはずだ。梨枝子は朝食をつくるのが面倒なときは、それを解凍して梅干をちぎって押しこみ、簡単なおにぎりをつくっていた。前夜の残りもののみそ汁に、おにぎりがひとつ。それが幸福だったころの古村家の朝食だった。

　せっかくつくったおにぎりを耕太は半分しかたべなかった。康彦はそれでもしかたなかった。この子は性格も母親似で、一度落ちこむとなかなか気分がもどらないのだ。いつも遅刻ぎりぎりで保育園に駆けこむのに、耕太に途中でぐずられてはたまらなかった。自分にも仕事がある。父と子ふたりきりの生活でも、支えていくのはたいへんだ。

　玄関では風邪をひかないようにマフラーをしっかりと耕太の首に巻き、透明なレインコートを着せてやった。名前を書く欄に油性マジックで、ひとり息子の名が書かれていた。達筆な梨枝子の文字である。康彦は胸をつかれたが、心のざわめきを押し殺した。

「いこう」

　耕太はぱっと表情を輝かせていう。

「忘れてた。ママにいってきますをいってくる」

　レインコートの裾《すそ》をひるがえして、廊下を駆けていく。ちいさな手を打つ音がした。もうつかわれる予定のなくなったもうひとつの子ども部屋からである。そこには梨枝子の骨壺《こつつぼ》と仏壇がおいてあった。もう二年になるのに、康彦は妻の骨を手放せないのだ。耕太の声が明るく響いた。

「ママ、いってきまーす」

康彦はもう耐えられなかった。玄関先で声を殺して泣き、梨枝子が死んでから何万回となく繰り返した言葉を心のなかで叫んだ。

(なぜ、おれと耕太をおいて自殺なんかした?)

康彦の涙はひと粒だけでとまった。泣くことにも、泣くのをとめることにも、この二年で慣れていた。耕太の足音がきこえる。この時間なら、きっとエントランスでマンションの管理人と顔をあわせることになるだろう。

康彦はそんなときにいつもつかうサングラスをかけ、子どもなのに冷たい耕太の手を引く。ふたりだけの部屋をでて、十二月のドアに鍵《かぎ》をかけた。


康彦は大手の生命保険会社につとめて十数年になる。大学を卒業して、そのまま入社した。ほかの世界はまったくしらなかった。自分でも平凡でつまらない人生だと思っていた。大学時代のサークル仲間だった梨枝子と結婚したのは二十七歳である。

二年後には耕太が生まれた。時期を同じくして、マンションも購入した。康彦の会社では、社員の結婚と住宅購入を積極的にすすめる空気があった。配偶者手あても住宅ローンも、制度的に恵まれていたのだ。平凡だが、このままずっと年をとっていくのだろう。子どもはできれば女の子をもうひとり。仕事は懸命にやっていたが、それほど出世欲は強くなかった。平均的なサラリーマンの平均的な人生で十分だ。

その夢がすべて崩れてしまった。

梨枝子は学生時代から、どこかその場の空気から浮いたところがあった。なにが起きても、ひとり超然としている。醒《さ》めた表情と独特の冷たさが、自分を平凡な人間だと考えていた康彦の興味をひいたのかもしれない。おたがいに読書が好きだったので、おすすめの本を交換したりすることがあった。

梨枝子が貸してくれる本は、鋭い知性と感覚をもっているが、なにかに深く傷ついた作家の小説が多かった。最後はほとんど破滅で終わる文学性の高い作品ばかりである。康彦はいつも思っていた。作家たちはなぜこれほどの悲惨を読者に押しつけ、自分だけは安全な場所にいるのだろう。書くことが盾になっているのではないか。だが、それを読むほとんどの人間には自分を守るものがない。十代の多感な時期に、こうして純粋に精神の毒だけを結晶化させた本を読むのは、恐ろしいことかもしれない。逆に康彦が選ぶ本は、くっきりとしたストーリーをもつ読みものがほとんどだった。

感想は本についてよりも、おたがいの精神についてのことが多かった。梨枝子はあなたの心の平和さがうらやましいといった。康彦は梨枝子の独特の鋭敏さや純粋さが魅力に思えた。今になればわかる。ふたりとも自分に絶対的に欠けているものを求めていたのだ。自分自身のなかにないものほど、相手のなかに見つけて魅力的なことはない。男女というのは、みなそうやって心を結びつけているのではないか。

康彦は市営バスの後部座席に揺られていた。耕太を保育園に送ってからのりこんだバスはさして混雑していなかった。雨なので、窓は曇っている。冬の朝でも暖房がききすぎて、息苦しいほどだった。水滴で曇る窓はなんでも映しだす魔法の鏡のようだ。康彦はそこにもっとも思いだしたくないものを見た。

二年まえの十二月のよく晴れた日の出来事である。康彦が保育園からの電話をもらったのは、午後五時半すぎのことだった。梨枝子が耕太をむかえにこないというのだ。あわてて携帯電話をかけても、留守番設定になったきりで返事はなかった。康彦は上司に急用を告げて、自分で保育園に足を運んだ。空は夕焼けが終わったあとの澄んだ淋《さび》しい色である。それは目を閉じれば、いまだにいつでもよみがえってくる色だった。

康彦は怒っていた。年末のいそがしいときに、いったいなにをしているんだ。いくら鬱《うつ》病だとはいっても、こちらにもがまんの限界がある。自分に会社があるように、梨枝子には妻として絶対にゆるがせにできない仕事があるはずだ。

保育園で保育士に頭をさげて、奪うように耕太の手を引いて自宅にむかった。その時点では家で夕食をすませ、また会社にもどるつもりだった。マンションの鍵を開け、玄関で声を張る。

「ただいまー、梨枝子、どうしたんだ」

抗鬱剤を大量にのんで、またソファで倒れているのだろう。発作のひどいときは、そうして一日中横になっていることがよくあったのだ。まだ新しいソファには誰もいなかった。リビングを見てまわり、キッチンを確かめ、ベッドルームを捜した。このあたりで、康彦の心臓は奇妙にゆっくりと鼓動を刻むようになった。家中を捜しまわり、残っているのはバスルームだけだった。こんな時間に風呂《ふろ》にはいっているとは考えにくいが、一応見てみよう。康彦の背中を耕太が追ってくる。

「パパ、お腹へったよー」

「わかってる。ママもしょうがないな。今夜はなにかとるから」

うわの空で返事をした。洗面所で声をかける。

「梨枝子、どうした。いないのか」

ユニットバスの半透明のアクリル扉に手をかけた。取っ手が生あたたかい。康彦の胸が刺すように痛んだ。なにかとてもよくないことが、すぐ未来に待っている。心臓が身体に血液を送るのを嫌がっているようだ。その先をしりたくない、見たくない。足がすくんでいたが、康彦は冷静だった。

「耕太、先におやつたべてて、いいぞ。キッチンにいって、チョコでもなんでもたべていいから」

「ほんとにー、やっぱりパパがお迎えにきてくれたほうがいいなー」

耕太が廊下を駆けていった。康彦はゆっくりと浴室の軽い扉を開けた。さして広くはないユニットバスである。真っ赤に染まった風呂桶《おけ》のなかで、梨枝子は顔を半分水に沈めて浸《つ》かっていた。お気にいりのワンピースを着たままだった。花柄が血で赤く染まった湯のなかで透明に開いている。脈をとるまでもなかった。決定的に死んでいることは、専門家でない康彦にも即座にわかった。

「梨枝子……」

そうつぶやいて、首筋に手をあてる。まだほのかにあたたかいのは、湯のせいなのだろう。太い血管にはかすかな脈さえ感じられなかった。じっとその場に立ち尽くし、携帯電話を抜いた。こういうときにかけるのは、警察なのか、救急か。そう考えたことを、康彦は覚えている。

リビングから夕方のアニメ番組のテーマ曲が明るく流れてきた。耕太にだけは、この場面を見せてはいけない。それからの康彦は耕太を守るための機械になった。

結局のところ、死因は出血多量だった。康彦は停車ボタンを押して考えた。なぜ、あれほど梨枝子は失敗を恐れたのだろうか。警察の人間は数日後、気の毒そうに教えてくれた。奥さんは赤ワインを一本のみきり、致死量を超える睡眠導入剤と抗鬱剤を服用し、さらに浴槽にはいってから両手首を切りました。意識も朦朧《もうろう》としていたし、ほとんど痛みはなかったでしょう。そうですか、ありがとうございました。頭をさげてそういうしか、康彦にできることはなかった。康彦はワインが嫌いではなかったが、あの日から赤ワインを口にしたことはない。どうもあの浴槽のなかの水をのむような気がするのだ。

康彦はバスをおりた。県庁所在地の市役所がある大通りである。傘をさして、人ごみのなかにまぎれるのは安心だった。すくなくとも自分の過酷な経験は紺色のスーツで隠されている。幅の広い遊歩道を歩いた。ここでなら、妻を自死で亡くした夫であることは、誰にもしられていない。

会社に着いてしまえば、また別な話なのだが。

その日の夕方は新しい派遣社員の歓迎会だった。部では来期の営業目標を決めるための重要な会議があったのだが、康彦は出席していない。康彦はCクラスの社員である。保険会社は全国への転勤があたりまえだった。だが、耕太を男ひとりで育てていくことを考えると、実家のあるこの地方都市を動くことはもうむずかしい。

会社では異動の自由さで、三段階に社員をわけていた。転勤自由裁量制度という耳あたりのいい名前のつけられた方式だった。Aクラスは会社に命じられたまま、どこへでも転勤できる社員。Bクラスは限られたブロックのなかでなら、転勤が可能な社員。そして、Cクラスがその地区を離れられない転勤が不可能な社員。年老いた親がいる、障害のある子どもがいる、そして康彦のように幼い子とふたりで暮らしている。Cクラスの社員にはそれぞれ家庭で抱えている事情があった。

もちろん転勤をしないのだから、昇進も青天井ではなかった。せいぜい部長補佐が出世の限界である。会社は配慮したつもりなのだろう。Cクラスの社員には残業の時間制限もつけられていた。康彦は定時をかなりオーバーする営業会議にはでられないのだ。その代わり、居酒屋に早く顔をだし、女性社員や派遣社員といっしょに歓迎会が始まるのを待っていた。おおきな個室の半分以上は空席のままだった。卓上には空っぽの鍋《なべ》と伏せられたコップがならんでいる。

いた。

「どうですか、耕太くんの様子は」

同じCクラス社員の山中秀美《やまなかひでみ》が声をかけてきた。身体の不自由な母親とふたりで暮らす中年男である。女性たちからは薄毛のマザコンと容赦のない評価を浴びせられていた。

「なんとか、元気にやっています。山中さんのほうこそ、お母さんはどうですか」

「いやあ、この寒さでこの湿気でしょう。やっぱりひざが痛むみたいで」

山中の母は車椅子の生活だった。この人と話すときは仕事の話はいっさいしない。いつもおたがいの家族の近況をたずねあっては、すぐに話の種が尽きてしまうのだった。派遣の石見《いしみ》香澄《かすみ》がゆるやかな縦ロールの毛先を揺らしていった。

「どうして、古村さんはここにいるんですか。今日はみんな会議だと思ったんだけど」

香澄はこの会社にきたばかりで、まったく事情をしらないようだった。山中がとりなすようにいった。

「古村くんは事情があって、転勤はできないんです」

香澄はうわ目づかいで、康彦を見た。

「なんだか古村さんて、ミステリアスですよね。バツイチで、ちいさな男の子とふたり暮らしだってきいたんですけど」

いつでも感情を抑える癖がそんなふうに見えるのだろうか。康彦は自分では意識したことがなかった。

「こんなことをお酒をのむまえにきくのは、失礼かもしれないんですけど、どうして古村さんは奥さまと別れちゃったんですか」

康彦は微笑んで、心のなかでいった。どうして、ひとりでむこうへいったんだ、梨枝子。山中があわてだした。

「まあ、そんな昔のことはいいじゃないですか。古村くんだって、歓迎会のたのしい気分が台なしになるだろうし」

「おー、遅れてすまなかった」

部長が片手をあげて、部屋にはいってきた。すくなくとも、これで香澄の相手をしなくてすむ。康彦は目のまえのコップに、ぬるくなったビールを自分で注いだ。

その夜は久しぶりに、心おきなくよくのんだ。耕太のお迎えは、近くに住む梨枝子の母親に頼んでいた。耕太を寝かしつけると康彦の目にふれぬうちに、こっそりと翌日の朝食の準備だけして帰っていくのだ。そんな日はいつもより三十分はのんびりと朝寝坊できる。

康彦は自宅に着くと、耕太の寝室をのぞいた。羽根布団を肩までかけ直してやる。長い一日が終わった。終わってみれば、いつもと同じ一日だった。だが、それがいかに心をすり減らす日々であることか。康彦の顔には表情はない。

簡単な入浴をすませて、リビングにもどった。音を消した深夜テレビを眺めながら、締めの缶ビールを開けた。梨枝子がいなくなってから、康彦にはひとりでのむ酒が一番うまかった。

キッチンのカウンターの隅には、梨枝子の携帯電話がおいてあった。たくさんのメールのやりとりが残っているので、解約は気がすすまなかったのである。もっとも電話やメールが梨枝子の友人からかかってきたのは、あの日から三カ月後くらいまでだった。最近ではほとんどこの電話に連絡がはいることはない。それでも康彦は毎月基本料金を支払い、こまめに充電していた。梨枝子がいなくなった今、自分と妻を結ぶ最後の絆《きずな》のように感じていたのだ。

ちらりと充電器の電話に目をやって、また視線をテレビにもどす瞬間だった。目の隅に緑色の光が残った。なんだろう、また迷惑メールでもきたのだろうか。康彦はソファを立ち、カウンターにむかった。やはりＬＥＤが点滅している。携帯を開き、待ちうけ画面を見た。康彦と梨枝子と耕太、三人の家族が遊園地でつぎのアトラクションを待っているときの写真だった。背後には純白の城が見える。耕太はまだ幼く、父に軽々と抱きあげられていた。

その写真はほとんど物理的な衝撃をもって、目に飛びこんできた。何度梨枝子の携帯電話を開いても、この最初の画面に慣れることはできなかった。笑顔の梨枝子から目をそらすようにして画面を確認した。午後七時十五分に非通知の着信があった。誰だろうか、心あたりはない。きっと悪質な業者からのものだろう。

康彦は着信の記録を消して、携帯電話を充電器にもどした。

翌日の夕食は自宅でたべることになった。

残業をしなくていいのなら、地方都市の生活は悪くなかった。定時をわずかにすぎて会社を離れ、バスで四、五分で保育園に到着する。日の長い夏のあいだなら、それからふたりでゆっくりと明るい街を散歩することもできた。

義理の母は八分目ほど焼きあげたハンバーグを冷凍庫に残してくれた。電子レンジであたためるだけでたべられる手づくりのハンバーグである。缶詰のミネストローネを開け、スーパーで買ったポテトサラダを皿に移し、ふたりだけの晩ごはんにした。

ケチャップで口のまわりを真っ赤にして、耕太がいった。

「やっぱり、バーバのハンバーグおいしいね。パパも教えてもらいなよ」

「こう見えても、パパは料理はなかなかうまいんだぞ。ママなんかよりもずっとな」

梨枝子は鬱《うつ》病になってからは家事が、なかでもとくに料理がまったく不可能になっていた。

「耕太、覚えてるかな。ママとパパで餃子《ギョーザ》の包み競争をしたときのことだけど。あれだってパパが勝ったよな」

そのときキッチンカウンターの携帯電話がうなりだした。梨枝子の電話はいつもマナーモードに設定してある。康彦は席を立ち、携帯をとった。

「はい、古村です」

「ああ、康彦さん」

どこかできいたことのある声だった。きっと梨枝子の女友達のひとりのはずだが、誰なのかまるで思いだせない。

「わたし、谷内果歩《たにうちかほ》です。元気にしてる?」

「あーっ……」

そのまま言葉がでてこなかった。大学の同じサークル仲間である。康彦のことも、梨枝子のこともよくしっている相手だった。いきなり無数の記憶があふれだす。

「バリ島にいるんじゃなかったっけ」

「うん。むこうのホテルで、日本人相手のガイドやコンシェルジュをしてる。今はこっちに帰ってきてるけどね」

果歩は大学をでてから旅行関係のフリーライターをしていた。リゾートが大好きで、沖縄、タイ、台湾とわたり歩いて、今ではバリに流れ着き、現地で仕事をしていた。まだ独身だったような気がする。梨枝子の葬式には花をだしてくれたが、欠席していたはずだ。

「今はホテルのほう、稼ぎどきじゃないのか」

「ううん、十二月もうすこし先になってからかな。だから、康彦さんに会って、ケリをつけておこうと思って」

「ケリ？」

耕太が不思議そうな顔で、父親を見あげていた。

「そうなの。わたしはガイドで、こっちの寺院を案内するんだけどね。最近、あちこちのお寺にいくたびに、梨枝子の声がきこえるんだ」

まったく意味がわからなかった。

「一番最近は、ウブドの郊外にあるタマン・アユン寺院だった。梨枝子の声がこうして電話ででも話しているみたいにはっきりときこえたの。先月の頭かな。果歩、あなたの身体を貸して。日本で康彦に会ってきて、お願い。まったく梨枝子って、頑固だよね」

それなら康彦もよくわかっていた。梨枝子が自分でこうと決めたら、決して動かせないのだ。それはあの二重三重に対策を施した最期の方法でも明らかだった。

「いや、それはわかるけど、ほんとにそんな声がきこえるもんなのか」

「いっても信じてもらえないと思うよ。でも、わたし、梨枝子に約束したから」

耕太は長い電話に興味を失ったようだった。ミネストローネのなかからマカロニだけを選んでたべている。

「それが、ひどいのよ。こっちは十二人のお客を連れて歩いてるのに、約束してくれないと帰さないっていうんだもん。わたし、その場で一歩も動けなくなったんだよ」

康彦はオカルトや心霊現象を信じてはいなかった。不審に思い、きいてみる。

「変な宗教とかはいってないよな」

果歩はからからと笑った。学生時代を思い起こさせる笑い声だった。あのころは未来は無限に広がっていると、誰もが信じていた。

「はいってるわけないじゃん、怒るよ。わざわざバリから日本に帰ってきたのに」

康彦もつい笑ってしまった。

「わかったよ、会うよ。明日の夜でいいかな。うちの実家に耕太を頼むから、どこかの店で昔話でもしながら、一杯やろう」

果歩はため息をついていった。

「それじゃダメなの。夜の十時に康彦の寝室にいなくちゃいけない。これは梨枝子から絶対に守るようにっていわれてるんだ」

「その……霊界通信みたいに」

「そう、霊界通信。信じてくれないなら、ひと言だけいってくればいいって、梨枝子はいってた。でも、それは康彦にはすごくショックかもしれないんだって。いいかな、その言葉をいっても」

康彦はのどがからからに渇いていた。ひきつるような声になる。

「いいから、いってくれ」

「ローリング　カベルネ　メルロー。なあに、これ。ワインの名前?」

手から携帯電話を落としそうになった。それは浴槽の横に転がっていた空っぽの赤ワインの名前だ。オーストラリアに新婚旅行にいき、気にいったワインである。ラベルには自転車に乗った少女の絵が刷られていた。康彦は誰にもそのワインの名前を教えたことはなかった。

「どうしたの、だいじょうぶ」

衝撃から立ち直って、康彦はいった。

「わかった、待ってる。明日の夜九時に。うちのマンションの場所は覚えてるね」

「だいぶまえになるから、わたしは覚えてないよ。でも、梨枝子が覚えてるから」

普通の声をだすだけでも、康彦は精いっぱいだった。

「そうだね、梨枝子なら覚えている」

電話を切って、テーブルにもどった。真っ赤なケチャップがトレーナーにつくのもかまわずに、康彦は耕太を思い切り抱き締めた。

つぎの日は一日落ち着かない気分で仕事をした。また定時に帰り、耕太を迎えにいく。夕食をつくる気にもなれずに、いきつけのファミリーレストランにはいった。耕太はしっかりと自宅でつくった夕食よりも、こちらのほうをよろこんだ。子どものメニューには、おもちゃがつくせいかもしれない。

家に帰り、いつものようにふたりで風呂《ふろ》にはいった。耕太を寝かしつけたのは、いつもより三十分も早い夜八時ちょうどである。男の子の肩を抱き、適当な昔話をした。子どものいいところは毎回新作を求めないところだった。同じ話が何度でも通用するのだ。

康彦はそっとベッドを抜けだし、明かりを落としたリビングに移った。そこからの時間をなにをしてすごしたのか、康彦はいまだに記憶していない。さらさらと砂のように流れていく時間を見ていた気もするが、そんなに巨大な砂時計など存在するはずもなかった。

いきなり家のチャイムが二回鳴った。康彦は跳びあがりそうになった。なぜ、オートロックを抜けてきたのだろう。あわてて玄関にむかう。

「やあ、いらっしゃい。誰かといっしょにはいってきたの」

谷内果歩はノーメイクだった。日に焼けて真っ黒な顔に、金色に染めた髪が似あっている。冬なのに足元はデニムのミニスカートとサンダルだ。

「今日はへんなことばっかり。オートロックの操作盤を見たら、指が勝手に動いた。番号をいれるだけで開いたよ」

住民だけに教えられる四桁《けた》の解除ナンバーだった。果歩は右手をあげた。

「はい、おみやげ。そのローリングとかいうワイン」

これが梨枝子からのさしいれなのだろうか。震える手で康彦はラッピングされたワインボトルを受けとった。リビングに案内して、こらえきれずにいった。

「このワインは、梨枝子が死ぬ間際にのんだものと同じなんだ。ぼくは誰にもいったことはない」

果歩はまったく驚かなかった。

「いつだって梨枝子の冗談はきつかったよね。じゃあ、彼女のためにそのワインを開けて、時間がくるのを待ちましょう。その時間でなければ、上手に梨枝子はもどってこられないんだって」

久しぶりにのむ赤ワインは、しっとりとのどになじんだ。もともと康彦は白よりも赤のほうが好きだった。十時五分まえには寝室に移動した。ふたりとも軽く酔っている。果歩は室内を見わたしていった。

「あんまり色っぽい感じのベッドルームじゃないね」

「夫婦なんて、どこでもそんな部屋で寝てるんだ。ここは日本だからね」

果歩は肩をすくめて、セーターを脱いだ。

「これからいうことは、全部梨枝子の指示だからね。あなたもそのトレーナー脱いで」

　ここまできたら、試してみるだけだった。すくなくとも、ここまでは驚きの連続である。康彦はTシャツとジーンズになった。

「靴下も脱いで、ベッドに横になる。わたしと手をつないで、リラックスして天井を見てればいいって」

　ダブルベッドに横になった。梨枝子の女友達とベッドで手をつなぐのは、奇妙な気分だった。天井はまったく高級感のないありふれた白いクロスである。なぜか部屋のなかの空気が白く霞《かす》んだように見えた。果歩の声が変わった。

「ごめんね、ヤスくん」

　康彦が横をむくと、そこには梨枝子がいた。つないだ手首を確かめてみる。自殺のときの傷跡はなかった。耕太と同じ白い肌だ。

「どうして、ぼくと子どもを残して、むこうへいったんだ」

　絞りだすような声になった。梨枝子はつないだ側と反対の手を伸ばして康彦の額をなでた。指先は冷たく心地よい。

「決まっていたの。自分でも選びようがなかった。あのままでは苦しくて、苦しくて。ちいさな闇の箱のなかで生きているようだった。それで最後に大波みたいな鬱《うつ》の発作がやってきた。わたしは全部さらわれてしまった。どんな人間だって、黒い津波にはかなわない」

「それが、どうした。うちの家族は、耕太やぼくやぼくの仕事や、きみのご両親やうちの親はどうなるんだ。きみのために泣いた友達はなんなんだ」

「ごめんなさい。でも、動かしようも、選びようもないことだったの。それがこちらにきてわかった。ここにわたしがいられる時間はわずかなの。あなたが望むなら、そのあいだずっと謝ってもいいよ。でも、そんなのもったいないよね」

怒りも悲しみも、胸のなかで炎をあげるようだった。だが、梨枝子のいうとおりだ。

「わかってる」

「あなたのそういうところが好きよ。あなたならあの津波にも勝てるかもしれないな。平和で健康で普通のまま、どんな生活にも耐えていける。わたしがあなたにひかれたのは、あたりまえだったのかもしれない。あなたはまぶしいほど穏やかだった。それなのに、ごめんね」

抑えていた涙があふれだした。一度流れると、もうとめられなかった。涙はあとからあとから湧いてくる。

「梨枝子には……いつだって口では……かなわなかった……死んでもそれは変わらな

いな」

「そうかもしれないね。あなたはいつだって、わたしに勝ちを譲れるくらい強かった」

新たな涙がこぼれた。そんなふうに考えていたのか。たいていは面倒になって、途中で話を投げていたにすぎないのに。

「わたしが伝えたいのは、ひとつだけ。ヤスくんも、そろそろ新しい人に目をむけてほしい。別な女の人を探してほしいんだ」

「どうしてだよ。あんな去られかたをしたら、ほかの女とつきあえるはずがないだろ」

「ごめんね。何度でもいうよ。ほんとにごめんね」

梨枝子は身体をひねって、康彦の頭を抱いた。女性の胸はやわらかであたたかだと、あたりまえのことに驚く。胸のにおいはなつかしい昔と変わらない。

「あなたも、耕太も今のままではダメになってしまう。この家には女性が必要なの。あの香澄って子でもいいけど、それよりももっと身近にいい人がいる」

誰のことをいっているのだろうか、康彦には見当がつかなかった。

「ぼくに女の子を紹介するために、梨枝子はもどってきたのか」

梨枝子は笑って、康彦の頬をなでた。

「そう。あなたの心が動きだした今の時期しかなかった。わたしもいつだってもどってこられるわけではないの。果歩には悪いことをしちゃった。でも、覚えてないかな、わたしたち三人は学生時代なかよしだったでしょう。わたしも、果歩もあなたのことをいいなって思っていた。たまたまわたしとあなたがうまくいったけど、そのとき果歩はひどく傷ついたんだよ。果歩が初めてひとりで海外旅行にいったのは、あなたとの可能性がなくなったせいなの。しらなかったでしょう」

康彦は女性には鈍感だった。その後、果歩は旅行のライターになり、独身のままこの年になった。

「わたしはずっと果歩を見ていたから、よくわかる。わたしがいなくなって、弱ってるあなたに連絡するのを、卑怯《ひきょう》に感じていたんだ。この二年間、何回もあなたに電話しようとしていたんだよ、世界中のリゾートから」

陽光のまぶしい楽園を旅しながら、心は故郷で苦しんでいる自分のところにあったのだろうか。意外である。

「お願いだから、わたしのことは忘れて、果歩をしあわせにしてあげて。果歩がしあわせになれば、あなたも耕太もしあわせになる。わたしにはもうそれができないの。

お願いだから、うんとわたしのことを憎んで、忘れてしまって。わたしにはあなたに覚えていてもらうだけの価値もない。わたしはあなたと耕太に最低のことをした」

康彦は梨枝子の顔を見あげた。青白い顔で、かすかに笑っている。目は真っ赤だがなにかをにらんで、決して涙を落とさないようにしていた。それは康彦の記憶にあるなかでもっとも美しい妻の表情だった。康彦は吠《ほ》えるような声をあげて、梨枝子を抱き締めた。

「帰ってきてくれ、梨枝子。鬱でも、パニック障害でも、何度でも自殺していいから、帰ってきてくれ」

梨枝子は静かに夫の頭をなでるだけだった。

「それはできないの。そうできたら、どんなにいいかって思うけど。果歩としあわせになって。新しい母親を耕太にあげてほしい。あなたにも女の人を抱いてほしい。この二年間、誰とも寝ていないでしょう」

「だけど、それは……」

「康彦にはもう一度、生きることを始めてほしい。そうでないと、耕太も心が凍ったまま大人になってしまう。お願い、わたしを忘れて、果歩と新しい家族をつくって。きっと三人ならうまくいく。わたしにできなかったすべてを、あなたと果歩で耕太にしてあげてほしい。もう時間になっちゃった。わたしはいかなくちゃ」

「まだ話を始めたばかりじゃないか。もういくのか」

　今度は梨枝子は心から笑ったようだった。

「そう、おしまいなの。こういう特別な時間は流れかたが、そちらとは違うんだよ。最後だから、果歩の唇を借りてもいいよね」

　梨枝子が目を閉じて、顔を寄せてきた。康彦は忘れていた妻の唇の感触を思いだした。そのまま時間がとまるといいと思ったが、梨枝子から先に離れていく。

「このことは果歩に内緒にしてね。あなたとのファーストキスを奪ったのがわたしだとわかったら、絶対に果歩は怒るから。じゃあ、わたしはいくね。またリラックスして、天井を見て」

　康彦は見慣れたマンションの天井を見あげた。白い煙のようだった空気が澄んでいく。カーテンには朝の光がさしていた。ほんの数十分のことに感じられたが、目覚まし時計を見るともう七時である。目覚ましのベルが鳴り始めた。あわててベルをとめると、手をつないだままの果歩が目を覚ました。

「どうなったの、梨枝子は。もう朝なんだ。わたし、ものすごくよく寝た気がするんだけど。なにかへんなことしてないよね」

「なにもしてないよ」

康彦は笑った。一睡もしていないはずなのに気分は爽快《そうかい》だった。これから朝食の準備をしよう。耕太が好きな簡単おにぎりでもいい。だが、今朝は久しぶりの来客があるのだ。最後に強く手をにぎってから、康彦は果歩の手を離した。照れたような表情で果歩は、康彦を見つめた。

「なんか変な感じね。梨枝子、なんていってたの」

「それはあとで話すよ。ねえ、朝ごはんはなにがいいかな」

これが新しい家族の最初の朝食になるのかもしれなかった。いいや、きっとそうなるのだろう。あの梨枝子が間違ったことをいうはずがない。空のうえからうちの家族を二年間見守り続けてくれたのだ。康彦はよく晴れた冬の朝、ベッドをでて軽い足どりでキッチンにむかった。

ガラスの目

番組のエンディングテーマが流れだし、最後の言葉になった。

「アフタヌーン・ティー・デライト、今日も春風に背中を押されて、爽《さわ》やかな午後の二時間を生放送でおつきあいいただきました。パーソナリティは立花《たちばな》カオル、ではまた明日。シー・ユー・トゥモロー、セイム・タイム・セイム・ステーション」

調整卓ではゆっくりとフェーダーがさげられ、スタジオの主音声が切られた。防音ガラスのむこうで、立花カオルがヘッドホンをはずした。心配そうにモニタールームを見つめている。ディレクターの浅井誠一郎《あさいせいいちろう》がマイクにむかっていった。

「お疲れさま、カオルさん。今日はよかったよ」

その声をきいて、スタジオのパーソナリティもモニタールームのスタッフも、いっせいに安堵《あんど》の表情を浮かべた。番組終了後の最初のひと言が決め手なのだ。立花さんと呼ぶときとカオルさんと呼ぶときは、まったくその後のスケジュールが変わってしまう。苗字《みょうじ》のときはあとの反省会が長くなる。ときに生放送の時間を超えるようなダメだしが延々と続くのである。

誠一郎は地方都市のＦＭ局でディレクター職を務めていた。仕事はできるがスタッフに厳しいことで関係者には有名だった。アシスタントディレクターの野沢香苗《のざわかなえ》が忍び足でモニタールームをでていった。重い防音扉を片手でなんとか引き開けて、もどってくる。残る片手のうえには白い箱がのっていた。放送作家の石沢亮介《いしざわりょうすけ》がうなずくと、エンジニアが調整卓のスイッチをいれた。スティーヴィー・ワンダーの「ハッピー・バースデイ」が卓のうえにあるヤマハのモニタースピーカーから流れだした。シンセサイザーのベース音が丸くはずんでいる。ADが箱を開きながらいった。

「浅井さん、お誕生日おめでとうございます」

スタジオからでてきた立花カオルも手をたたいていた。

「今日でいくつになるんでしたっけ」

誠一郎はかすかに笑っているだけで、ほとんど表情の変化はなかった。距離をおいて、テーブルのうえにあるケーキを見つめていた。

「三十六歳。もうぜんぜんおめでたくはない年だな」

三本のおおきなロウソクと六本のマッチのように細いロウソクに火がつけられた。この場面を番組ホームページに掲載するので、誠一郎が火を吹き消すまえにADがデジタルカメラで撮影していた。証拠写真のようである。

「さあ、もういいですよ」

誠一郎は思い切り息を吸い、明かりの消えたモニタールームで細い六本のロウソクに目をやった。

(明後日、誠司《せいじ》は六歳になるんだな)

誠一郎はひとりきりの息子と、この二年間顔をあわせたことがなかった。手をつないだことも、話をしたことも、抱き締めてやったこともない。

(おれは子どもを捨てた。もう一生会うこともないだろう)

妻の美樹《みき》にも連絡はほとんどしていなかった。むこうからの電話は冷たく応答メッセージに対応させている。マンションのローンと養育費の支払いは毎月欠かしたことはなかったが、はっきりと離婚もせずに宙ぶらりんの夫婦関係を続けていた。誠一郎には自分がしていることがよくわかっていた。

(おれは最低の父親で、最低の夫だ)

そう思うと、自然に皮肉な笑みが浮かんでしまう。胸のなかの思いをきれいにぬぐい去るように、誠一郎はバースデイケーキのロウソクを吹き消した。

その夜は、ひとりでハイダウェイにいった。

隠れ家という名が気にいった県庁通りにあるいきつけのクラブである。こちらの店でもシャンパンを抜いて、誕生日を祝ってくれた。明日香《あすか》は夜十時近くなると、ママと話をするためにいったん店をでていった。もどってきたホステスは、営業用の笑顔ではなく、うれしそうに顔を崩していった。

「今夜はひまだから、お店を抜けてもいいって。ちょっと待ってて、すぐに着替えてくるから」

景気が回復してきたとはいえ、地方都市までその波はおよんでいなかった。夜の店はどこも静かなものである。店にはあとひと組の客がいるだけだった。夜の早いこの街ではもう新規の客は望めそうもない。誠一郎は軽く酔ったまま、むきだしになった明日香の白いソワレの背中を見送った。

地下の店から路上にでると、明日香のほうから腕をからめてきた。誠一郎は夜の空気を思い切り胸に吸いこんだ。もう夏が近いのだろう。春の終わりのすこし湿ったやわらかな空気である。

「どうしようか、ふたりで軽くもう一軒いく？　それとも、すぐにわたしの部屋にいく？」

その部屋は、もう何度か訪れたことがあった。明日香は二十代なかばで、夜は店で働きながら、昼は美容の専門学校にかよっている。メイクアップアーティストになるのが夢なのだ。

「すこし歩きたいな。今日も一日スタジオだったし、夜はあの店のなかだし、風にあたりたい」

誠一郎の仕事はいつも狭いコンクリートの箱のなかだった。しかも、防音のためスタジオは気密構造になっている。集中はできるが、同時にひどく息が詰まる場所だった。

「浅井さんは誕生日なのに、ぜんぜんうれしそうじゃなかったね」

腕にぶらさがるように、明日香がいった。うわ目づかいで顔をのぞきこんでくる。

「誰だって三十なかばになれば、誕生日なんてうれしくもないさ」

誠司と美樹のことが頭のなかにあった。二年まえに家をでてから、忘れたことはない。ひとり息子の誠司と誕生日は二日違いだった。去年の誕生日にはまだ明日香とつきあってはいなかったが、ひどく落ちこんだのを覚えている。

通りの右手に白い石張りの新しい県庁舎が夜空にライトアップされていた。夢のなかの建物のようだ。不景気でも役人は自分たちのためにつかう金をためらうことはない。誰だって、自分には甘い。それが人間である。

誠一郎はゆっくりと人影のすくない遊歩道をすすんでいった。明日香はまだ若かった。いわなくてもいいことを口にする。

「苦しそうな顔をしているときは、だいたい奥さんのこと考えているんだよね、浅井さんて」

誠一郎は笑った。考えていたのは誠司のことで、妻ではない。明日香にはまだ子どものことを話していなかった。その子どもに生まれながらの障害があったことも、その障害に耐えられずに自分が子どもを捨てたことも話していなかった。別居中の妻の件で、明日香に責められるのはまだ気が楽だったのである。

県庁舎のとなりには、地方裁判所の灰色の建物があった。こちらはライトアップされていなかった。むきだしのコンクリートが重々しく迫ってくる。誠一郎は鼻で笑っていった。

「奥さんのことなんて、まったく考えてないよ。別にどうだっていいんだ、そんなこと」

実際にどうでもよかった。誠一郎が思いだすのは、いつも誠司の目である。ガラス球のように澄んで、世界を映すだけの表情のない目。男の子の目の奥に、なんの感情も自意識さえもないような気がして、いつだって見つめているだけで恐ろしくなるのだった。

「もう一軒いこう。キングストンでいいかな」

この街でただひとつのレゲエバーだった。

「いいよ。うれしい、今夜は浅井さんのお誕生日だから、うんとサービスしてあげる」

だが、その夜誠一郎がサービスを受けることはなかった。深夜一時すぎに二軒目をでてから、無理やりタクシーのなかに明日香を押しこんだのである。酔った女の手のなかに帰りのタクシー代をねじこむ。

「運転手さん、お願いします。だしてください」

明日香の声がタクシーのなかから響いてきた。

「えー、どうして、つまんないよー。いっしょに……」

後部のドアが閉まると、明日香の声も切れてしまった。額をウインドウにこすりつけるようにして、若いホステスは去っていく。失敗だったと誠一郎は思った。ひとりでは耐えられないだろうとクラブに顔をだしたが、その結果お気にいりの女性とふたりでいることにはさらに耐えられなかった。最初から仕事でもしているか、自分の部屋で潰《つぶ》れるまでのんでしまえばよかったのだ。

夜の街に立って、空を見あげた。輪郭のやわらかな春の雲が、ゆっくりと流れていく。眠くも、酔っても、疲れてもいなかった。自分の部屋に帰る気もしない。そのとき誠一郎はなにかを思ったわけではなかった。ただ足が自然にその方向にむかっただけである。

歩いて二十分ほどの小高い丘のうえにあるマンション。

もう二年間も帰っていない誠一郎自身の住まいである。

誠司は赤ん坊のころから、どこかのんびりとしたところがあった。ぼんやりと宙を見つめて、動かずにいる。ミルクのときの泣き声もおおきくはなかった。がまんしているわけではないのだろうが、オムツが汚れても声をあげなかったりする。白桃のような尻《しり》がかぶれても、平気な様子だった。手がかからない楽な赤ん坊だったが、どこかほかのうちの子とは違っていた。

兆候は二歳くらいから感じていたのである。言葉がひどく遅かったのだ。周囲の子どもたちがママ、パパと単語を発するようになっても、まったく言葉がでてこなかった。ひとりでにこにこしながら、大好きなタオルやペンギンの縫いぐるみを抱いているだけだ。

幼稚園にはいり絵を描くようになると、周囲は驚くことになった。ほかの子どものように誠司は人を決して描かなかったのだ。幼い子どもの絵には、たいてい家族が登場する。父と母の中央にひとまわりちいさな自分がいるものだ。同じ組の子どもたちが家族との日曜日をテーマに絵を描いているとき、誠司はオレンジ色のクレヨンで画用紙にこまかな水玉を数百個、異常な集中力をもって描き切った。テキスタイルの元絵にでもつかえるような正確さだった。オレンジを仕あげると、青と紫の水玉を飽きることなく描く。

誠司のお絵かきは、その後すべて幾何学模様になった。人や動物や自然を描くことはない。幼稚園の年中になっても、数十個の単語以外は口にできなかった。なにより誠一郎がこたえたのは、目を見てもまったく子どもの感情が読めないことだった。気もちがつうじあえたと感じたことは、長男の誕生から一度もない。

保育士のすすめもあって、美樹が誠司を県立病院の心療内科に連れていったのが、四歳の誕生日を翌月に控えたころだった。医師にはすぐに誠司の状態がわかったようである。そこから大学病院の専門医を紹介されて、四歳の誕生日を迎えるころにははっきりと診断がくだっていた。

誠司くんは高機能自閉症のようです。

両親そろってくるようにといわれた二年まえの春に、専門医から告げられた言葉は今も忘れられない。

高機能自閉症には代表的な障害がいくつかあるという。目、顔の表情、身振りなど言葉であらわせないコミュニケーションの障害。ごっこ遊びなど象徴的、想像的な遊びの不能。異常なほど限定された興味。発達の水準に応じた仲間づくりの失敗。たのしみを他者と共有することを自発的に求めることの欠如。

なによりも誠一郎の胸にこたえたのは、最後の言葉だった。

(この子とおれはたのしみを分かちあえないのか)

考えてみれば、ラジオの仕事は同じ音楽や会話から生まれるたのしみを、空中の電波にのせて、たくさんのリスナーと分けあう仕事だった。そんな自分のひとり息子が、なにも発信しないまま、ひとりで閉じてしまっている。

その日から誠一郎は誠司から目をそむけることになった。話しかけることもしない。妻の美樹からは冷たいといわれたが、恐ろしくて息子と遊ぶことができなくなったのだ。仕事に熱中する振りをして、家にいる時間を短縮した。けれども、その状態も長くは続かなかった。

誠一郎は障害をもつ子どもからも、懸命に子どもを守る妻からも、購入したばかりのマンションからも逃げたのである。

丘のうえのマンションは二年まえと変わらなかった。白いタイルがかすかにほこりっぽくなっているだけだ。八階建てのうえから三段目、一番端の窓に目をやった。もう真夜中なので、明かりはついていなかった。黒い窓にレースのカーテンが閉まっているのが見える。

住宅ローンと養育費は毎月振りこんでいたが、それだけでは生活には十分ではないはずだった。妻の美樹はパートタイムでなにか仕事を探したらしい。きっと明日の朝も早いのだろう。幼い子どもを抱えて、生きていくのはたいへんである。

頭では冷静にそうわかっていても、どうしても誠司の障害を受けいれられない自分がいる。誠一郎はまだ新築のようなマンションを見あげて、立ち尽くしていた。障害児をもつ親の美談は世間にあふれていた。誠一郎もそういう親には頭がさがる。だが、同じくらいの数の親たちが、自分と同じように逃げているはずだった。人の心の強さは各自ばらばらで、ある者には耐えられる衝撃がたやすく別の者の心を砕いてしまうのだ。

自分は弱く、だらしのない人間だ。夫としても、親としても失格だ。このまま自分にダメだしをしながら、ひとりきりで年を重ねていくのだろうか。もう終わりにしたい。生きているのが苦しくてたまらなかった。誠一郎はしびれたように、白いマンションのまえに立っていた。一度見つけてしまうと、レースのカーテンのかかった黒い窓から目を離すことができなかったのである。

その夜、夜明けの最初の光が東の空を染めるまで、誠一郎はそこから動かなかった。


誕生日の翌日、誠一郎は上機嫌だった。

放送作家の石沢がからかうようにいう。

「どうしたんですか、浅井さん、午前中に笑ってる顔なんて、記憶にないくらい久しぶりなんだけど。昨日の夜、なにかいいことでもあったんですか」

腕組みをして考えてから、作家がいった。

「そうか、明日香ちゃんか。あの店にいったんですね。おれたちののみの誘いを断ったくせに」

石沢を連れてハイダウェイには何度か顔をだしたことがあった。誠一郎の目は徹夜で真っ赤だったけれど、口元は穏やかに笑っていた。モニタールームにパーソナリティの立花カオルがはいってきた。

「おはようございまーす」

声は明るいが、誠一郎の様子を探っているのがわかった。昨日まではまったく気づかなかったことである。周囲の人間は自分をこれほどぴりぴりとした神経で扱っていたのだ。申し訳ない気もちでいっぱいになる。

「カオルさん、ちょっといいかな」

鮮やかなオレンジのサマーニットを着たパーソナリティが、跳びあがるように席を立った。誠一郎は先に立って、無人のスタジオにはいった。立花カオルが防音扉を閉めた。

「リラックスしてきいてくれ」

立花カオルは姿勢よく立っていた。校長に呼びだされた小学生のようである。

「……はい」

誠一郎の様子がいつもとは違うことに気づいたようだった。返事にはとまどうような調子がある。

「おれはいつもきみに厳しいことばかりいっていたみたいだ。すまなかった。個人的なトラブルを抱えていて、ずっと心のゆとりがなかったんだ」

またダメだしをされると思っていた立花カオルが肩から力を抜いた。

「おうちのことですよね。奥さまとはむずかしいんですか」

職場でも誠一郎は長男の障害のことは話していなかった。

「まあ、そういったところかな。カオルさんにはお世話になった。うちの番組がうまく続いているのも、カオルさんの明るさのおかげだと思うよ」

驚いたように立花カオルがいった。

「いえ、そんなことないです。この番組で浅井さんに鍛えてもらって、わたしはラジオのパーソナリティとして成長できたと思ってます。前々回の反省会でおっしゃってましたよね。とりあげる話題が東京の先端にかたよりすぎている。もっと地方都市の実情を考えたほうがいいって」

誠一郎は確かにそんなことをいった覚えがあった。番組のリスナーには中年の主婦も多い。東京の新しい美術館やハリウッドの最新作ばかりでは、くいついてこないのだ。

「そういってもらえるとうれしいよ。だけど、この番組の柱はおれじゃなくて、スタジオでマイクのまえに座るカオルさんだ。これからもアフタヌーン・ティー・デライトを、よろしく頼みます」

誠一郎はおおげさに見えないように、軽く頭をさげた。あわてて立花カオルが飛びついてくる。

「やめてください。ディレクター辞めるみたいじゃないですか。浅井さんにそんなふうに頭をさげられたら、わたしどうしたらいいのか、わからなくなる」

その日の生放送はスムーズに進行した。誠一郎はモニタールームのスタッフにたいしても、前日までとは違って異常なほど優しかったので、笑い声が絶えることはなかった。番組終了後の言葉をきいて、全員が顔を見あわせたほどである。急に明るくなったディレクターはいった。

「カオルさんも、みんなも最高だった。どうもありがとう」

奇妙に幸福そうなディレクターは、どこか空中でも歩くような足どりでモニタールームをでていった。

誠一郎は普段は自動車で通勤していた。最終バスの時間を気にせずに仕事ができるからである。ラジオ局の駐車場にとめてあるのは、住宅ローンで苦しいなか妻の反対を押し切って購入したドイツ車だった。BMW130i。ちいさなボンネットのなかには3リットルのエンジンが押しこまれている。銀色の車は夕日をななめに浴びて、バラ色にくすんでいた。

(昨日の夜、決心したとおりにしよう)

誠一郎は手ごたえのあるドアを開いて、運転席にのりこんだ。これからの目的を考えると、安全ベルトは締めないほうがいいだろう。ゆっくりと自動車を混み始めた県庁通りに押しだした。地方都市なのでほんの数キロで中心街を抜けてしまう。だが、そのあいだ目にはいる建物も、帰宅をいそぐ会社員も、まえをいく車のブレーキランプさえ、すべてが好もしく、光り輝いているように見えた。

県庁通りを抜けると、となりの県との境にある峠道に、ＢＭＷの鼻先をむけた。普段からさして交通量の多い道ではない。誠一郎は思い切り自動車のもつ力を解き放ってやった。タイヤを鳴らして、車はハイペースで左右にうねる坂道を駆けあがっていく。急カーブ、追越し禁止、落石のおそれあり、動物が飛び出すおそれあり、誠一郎は笑いながら、すべての標示や標識を無視していった。心のなかでは同じ言葉がカーブのたびに繰り返されている。

（おしまいにするんだ……おしまいにするんだ……おしまいにするんだ）

遠く西の空では、春の夕日が燃えていた。新緑の木々は濡《ぬ》れたようにオレンジの光をはねている。誠一郎はひとり息子の描いた水玉模様を思いだした。微笑んでしまう。

（あれはおれが最後に見る景色を描いたものだったのかもしれないな）

三十分ほど走って、県境を越えた。道はすでにくだり坂になっている。そろそろいいだろう。どこのコーナーでもいい。手首の返しひとつでハンドルを間違った方向に操作すれば、自分はこの人生から一瞬で退場することができる。調整卓でスイッチを切るようなものだった。とたんに静寂が、音のない暗闇がやってくる。

誠一郎は生命保険に加入していた。まだ離婚をしていないので、受取人は妻である。美樹ならその金を、誠司のためにうまく管理してくれることだろう。ずっと逃げ続けてきた父親の最後の仕事である。どうせなら見事に一発でけりをつけたかった。

高速カーブがみっつ続いた。さすがのBMWのブレーキも悲鳴をあげている。室内にもブレーキパッドの焼きつくにおいがただよっていた。身体中に汗をかきながら、誠一郎はそれでも笑っていた。

つぎのコーナーを抜けたら、右手にコンクリートブロックの壁がある。そこにクラッシュするのもいいだろう。時速百キロで壁につっこめば、安全ベルトをしていない自分は頭から自動車を飛びだしていくはずだ。あるいは左手の崖《がけ》をつかうのもいい。アクセルを踏んだままガードレールを越えれば、車は空高く飛びだすはずだった。しばらくは空中遊泳をするのだろうが、それもまたほんの一瞬にすぎない。

最後のコーナーに減速をしないまま突入しようとしたときだった。夕方の煙《けぶ》るような大気のなか、二車線の道路の中央にシカが一頭立ち尽くしていた。驚いてこちらを見つめている。まだ若い個体のようだ。誠一郎はまっすぐにシカの目を見た。野生動物の命がまっすぐにこちらを見つめ返してくる。

（誠司と同じだ）

感情を読むことのできないガラス球のような目だった。透明に澄んで、こちらの気もちを映すだけの目である。自分は子どもを恐れていた。だからあそこに恐怖しか映らなかったのだ。そのままはねてしまおうかと一瞬思った誠一郎だが、反射的に思い切り右足のブレーキペダルを踏み抜いた。ハンドルを崖側に切る。誠司と同じ目をした生きものを殺すことはできなかった。

ＢＭＷは鼻面を右にかしげたまま、ガードレールにむかって滑っていく。フロントウインドウのむこうに夕焼けの空が広がった。見ているだけで胸のなかまで染まるような鮮やかなオレンジ色だった。あのシカさえ無事なら、これで終わりにできる。誠一郎の手はハンドルに軽くそえられているだけだった。

ガードレールは支柱のあいだを三本のワイヤーが結ぶタイプである。車は減速しつつ右手ボンネット側方から、鋼線をよりあわせたワイヤーにつっこんでいく。自分の車から火花が散るのを、誠一郎は見た。その火花は運転席の横を仕掛け花火のように飛びすぎていく。

このまま崖に落ちていくのだと決心していたのに、自動車の速度はしだいに落ちてくる。ＢＭＷはななめにガードレールに刺さるような角度で停止した。誠一郎は自動車をおりた。先ほどのカーブを振り返ってみる。シカはまだそこにいて、こちらのほうを注視していた。誠一郎と目があうと、鳴き声もあげずに道のわきの木々のなかに跳んでいってしまった。揺れていた枝もすぐに静かになり、葉のこすれる音が遠ざかっていくだけだ。

誠一郎はＢＭＷの側面を見た。ワイヤーの傷が三本、ボディに深い傷跡を残している。離れることのない平行線で、どの傷も同じように深かった。誠司と美樹と自分。三人の傷を思った。誠一郎は自分が一番だと思っていたが、誰がもっとも深く傷ついたというわけではなかったのだろう。誰もが苦しんでいた。ただ自分だけが逃げていたのだ。この傷跡とあのガラス球のような目から。

自動車のとまる音がした。ボディの傷跡から目を離せなかった誠一郎に声がかかった。

「だいじょうぶですか。警察か救急車を呼びますか」

商用のワゴン車にのった会社員のふたり連れだった。夢から醒《さ》めたように、誠一郎は言葉を返した。

「だいじょうぶです。家に帰る途中だったんですが、ちょっと飛ばしすぎました」

　ＢＭＷのエンジンはまだ低くうなりをあげている。ボディの具合からすると、自走は可能だろう。軽く頭をさげるとワゴン車は走り去った。誠一郎も車にのりこんで、ゆっくりとバックしてからＵターンした。先ほど会社員に返した言葉は、なにも考えずに口からでたものだった。だが、もうそれ以外の目的地は考えられなくなっていた。ハンドルをにぎる手が震えていた。アクセルを浅く踏む足も、全力疾走したあとのように力がはいらなかった。おかしいのは手と足だけではなかった。全身が恐怖で震えている。誠一郎はハンドルにしがみつくようにして、なんとか運転を続けた。山のうえの空は澄んだ夜の色に深まっていく。かすかな星をのせた夜空がなぜあれほどきれいなのか、誠一郎にはわからなかった。涙が目のおもてを洗い流してくれたせいかもしれない。

　ＢＭＷを丘のうえのマンションにとめた。駐車場には見たことのない軽自動車が置かれている。赤土の色に近いオレンジだった。このあたりでは車がないと生活できない。別居しているあいだに美樹が買ったものだろう。誠一郎は車をおりると、レースのカーテンの窓を見あげた。明かりがついている。

オートロックの番号は覚えていた。エレベーターで六階にのぼる。二年間も離れていたのが不思議なほど、手馴《てな》れたものだった。外廊下をゆっくりとすすんで、609号室のインターホンを押した。チャイムの音が金属の扉越しにきこえる。

「はい、ちょっとお待ちください」

妻の声だった。誠一郎はその声をきいても、あせることはなかった。あのガラス球の目を見つめていられたのだ。もう恐れるものはない。美樹は半袖《はんそで》Tシャツとジーンズ姿だった。玄関には夕食のにおいがただよっている。

「すまなかった。つぐないをさせてもらえないか」

誠一郎はくたくたに疲れていた。涙腺《るいせん》が壊れてしまったようだ。涙がにじむのをとめられない。いきなりあらわれた夫の様子を驚きの目で見た妻は、それでも勝気にいった。

「なにをいってるの。二年間もわたしと誠司を放っておいて」

開いたドアを押さえた腕は、以前よりもほっそりとしていた。

「すまない。今日は別な形で、ふたりにつぐなおうとした。死のうとしたんだ。だけど、そっちは失敗した」

妻の目が見るまに真っ赤になっていく。

「なにをいってるのか、わからないよ。あなた、どうしちゃったの」

誠一郎は笑った。目が細められ、涙がこぼれる。

「二年もかけて、ようやく正気になったんだ。家にいれてもらって、かまわないかな」

廊下をやってくる軽やかな足音がきこえた。誠司は美樹と同じTシャツだった。うれしそうでも、ぎこちなくでもなく、平板な調子でいった。

「パパ……おかえり……ママのいうとおりだった」

泣いている父親に困惑しているようだ。ガラス球のような視線はなにもない白いクロスの壁にそらされている。むきだしの感情を恐れる癖は変わっていなかった。手をついて謝りたかったが、誠一郎は静かにいった。

「誠司、なにが、いうとおりなのかな」

ちらりと父親を見あげて、男の子はいった。

「仕事が終わったら、いつかパパは帰ってくる。それで、三人で暮らすようになる。そうしたら、もう二度とうちの家族はばらばらにならないって」

誠一郎は狭い玄関にひざをついて、ひとり息子の薄い身体を抱いた。身体を硬くしたまま、誠司は父親に抱かれるままでいてくれる。抱っこがあまり好きな子ではなかったけれど、二年ぶりなので大目に見てくれたのだろう。

「ママのいうとおりだ。これからはいつまでも、いっしょだ。今夜は寝るまえに、すごくきれいなコジカの話をしてあげる」

爆発するように美樹が顔をおおって泣き始めた。誠一郎も誠司に見られないように、顔を隠して泣いた。玄関の扉が閉まる音が背中できこえる。それは家族三人が昔の住まいにそろったことをしらせる音だった。誠一郎は目を閉じたまま、その音を決して忘れないように心に刻みつけた。

流れる

いきなり別れを切りだされたのは、日曜日の夜十一時だった。

その日、浅生今日子《あそうきょうこ》は一日部屋のなかでごろごろしていた。同棲《どうせい》相手の松岡礼治《まつおかれいじ》は大学時代の友人と約束があるといって、昼すぎからでかけてしまった。同棲も三年目にはいり、それほどのときめきはない。かえってひとりきりで清々するくらいである。昼間もいっしょなのだから、それもあたりまえだった。今日子と礼治は同じ文房具メーカーに勤めている。今日子は企画部で、礼治は営業部だ。

企画部では新しいミニサイズの文房具シリーズを検討中だった。社内プレゼンのための企画書作成で、今日子は連日終電帰りが続いていた。女も二十九歳になると、めっきり疲労回復が遅くなってしまう。いくら寝ても、疲れが染みのように身体の奥にこびりついてとれないのだ。週末になるたびTシャツとスエットパンツという色気のない恰好《かっこう》でごろごろしているには理由があった。

玄関のドアが開く音がして、今日子は反射的にいった。

「お帰り」

もう入浴もすませ、洗い髪にまたスエット姿である。同じベッドで寝ているが、最後にセックスをしたのがいつなのか忘れていた。礼治は酔っているのに、青い顔をしている。１ＬＤＫのマンションのリビングにやってくると、今日子のほうを見ずにいった。

「ちょっとこっちにきて、テーブルに座ってくれないか」

初夏の夜である。髪を濡《ぬ》らしたまま、今日子はふたりで購入したダイニングテーブルについた。礼治はうつむいて、手を組んでいる。照明はテーブルのまうえにペンダントライトがひとつ。北欧製の白木のテーブルは中央だけがぼんやりと明るい。

「もう眠いんだけど。わたし、このごろいくら寝ても、ぜんぜん頭がすっきりしないんだよね」

今日子よりもひと足早く三十歳になった男が、いきなりテーブルにふれるほど頭をさげた。

「ごめん」

男の真剣さに、嫌な予感がした。背筋を伸ばして座り直し、今日子はいった。

「いったいなにがあったの」

礼治はちらりと今日子のほうを見た。目があった瞬間にそらしてしまう。

「おれと別れてくれ」

「……」

いきなりでなにも言葉がでてこなかった。身体が硬直してしまう。腹のなかに石の塊でも放りこまれたようだ。

「悪いのは、おれのほうだ。すまない、だけど別れてくれ」

ようやく息をすることを思いだした。今日子はこわばった肩で、日曜夜の空気を吸った。声がかすれてしまう。

「どうして」

いきなり他人のようになった男がしぼりだすようにいった。

「好きな人ができた」

「それ、わたしもしっている人?」

礼治が今日子の様子を確認した。盗むように視線を走らせる。

「ああ、しってる」

問いつめるつもりはなかったが、声が激しくなってしまった。

「誰なの」

「隠してはおけないから、いうよ。うちの部の榊原英里香《さかきばらえりか》」

明るい茶髪を名古屋巻きにした営業補助の女の子だった。その名前は以前、礼治からきいたことがあったはずだ。

「まだ新人の子だったよね。ぜんぜん仕事をやる気がなくて、困ってるっていってたと思うけど」

「ああ、そうだ」

男たちはみな、口でいうことと心で思うことが違っていた。あの子は短大をでたばかりで、まだ二十一歳のはずだ。ファッションやメイクの半分くらいしか、仕事を大切にしない若い女たち。口では文句をいいながら、ああいう女の子にころりとまいってしまう。男は単純で、ずるい。

「今日もあの子とデートだったの」

したをむいたまま、礼治はうなずいた。

「最近、週末になるとぜんぜんこの部屋にいなかったけど、やっぱりそれもずっとデートだったの」

「……うん」

内臓が空っぽになったようだった。怒ってもいいはずなのに、身体に力がまったくはいらない。

「あの子はわたしと礼治が同棲していること、しってるの」

もしそうだとしたら、とても許すことはできなかった。

「いいや、しらない。今日子のことは話してないんだ。彼女に悪気はない。許してやってくれ」

こちらをこれほど傷つけておいて、相手の女をかばう礼治に腹が立った。だが、それは身体のなかが熱くなるような普通の腹立ちではない。吐き気がとまらない空っぽの怒りである。したをむいたまま礼治はいった。

「この半年くらい、おれたちすれ違っていただろ。会話もほとんどなかったし。今日子がおれに対する気もちをなくしているんだと思っていた」

同棲するまえに二年間つきあっていた。すっかり慣れ切って、ベテランの夫婦のように気がゆるんでいたのかもしれない。

「だけど、わたしたち、いつか結婚するんじゃなかったの」

礼治はその言葉で顔をあげた。涙ぐんでいる男の目を見ただけで、今日子は泣いてしまった。

「おれも、そう思っていた。今日子と結婚して、普通に暮らすんだって……でも、もう無理なんだ」

今日子は顔を押さえることも、涙を隠すこともなく、正面から礼治を見つめたまま声をあげて泣きだした。

その夜、ベッドの両端に分かれたまま、ふたりはあれこれと思い出話をした。昼のデートで疲れたのだろう。礼治は一時すぎには静かに寝息を立てていた。そこから今日子の長い夜が始まった。

最初のうちは礼治と英里香という女のことを考えた。目のまえが真っ赤に染まるほどの怒りを感じる。となりで眠っている男は、今日の夕方にもあの女を抱いたかもしれない。大人が半年も週末デートを続けて、なにもないはずがなかった。どうりで自分には指一本ふれることがなかったはずである。どうしてやろう。あれこれと頭のなかで復讐《ふくしゅう》のアイディアをひねった。

ふたりの同棲については、社内でも仲のいいごく少数しかしらなかった。それをいい立てるのもいいかもしれない。営業部にのりこんで、英里香と対決するのも悪くない。頰を張り、制服のボタンが飛ぶほど胸元を振りまわす。普段は暴力的ではない今日子の頭のスクリーンに、何度も同じ映像が浮かんだ。まだ二、三度しか顔をあわせたことはないが、礼治の母親に泣きつく手もあるだろう。周囲からじりじりと切り崩し、男を追いつめていくのだ。

だが、そんなことを夢想していたのは、夜中の三時くらいまでだった。今日子にとって仕事も職場も大切だった。これからもずっと働いていきたいと思っている。礼治と別れることでトラブルをおおきくして、自分のオフィス環境が悪くなるのは嫌だった。それに、どんな手をつかっても、礼治はもどらないだろう。仮にもどってきたとしても、ふたりの生活が元どおりになることはないはずだ。

夏の夜は暑かった。

身体の芯《しん》に嫌な熱がたまっている。今日子はタオルケットを脚のあいだにはさみながら、何度も寝返りを打った。心配はだんだんと現実的になってくる。これからどんなふうに暮らしていけばいいのだろうか。この部屋の家賃は折半だが、礼治の名義で借りていた。同棲《どうせい》を解消するなら、自分がでていくのが筋だろう。

だが、企画書のプレゼンまであと四週間、新しい部屋を探し、引越しをするような時間の余裕はなかった。友人の何人かの顔を思い浮かべたが、転がりこめるような広いマンションに住んでいる者はいなかった。実家は栃木なので、とても頼りにはならない。

(振られた男と、あとひと月近く、同じ部屋で暮らし、同じベッドで眠らなくちゃいけないんだ)

夜が明けるころ、今日子は自分が絶体絶命に追いつめられていることを理解した。

もう眠ることはできないだろう。

早朝の五時すぎ、肌をべたりとおおう冷たい汗を流すために、今日子はのろのろと起きだした。


「それで、どうしたの」

同期の島本香織《しまもとかおり》が目を怒りで光らせていった。早めに会社を抜けだしてはいったたいきつけの喫茶店だった。テーブルのうえにはランチセットのホットサンドが手つかずのまま冷めている。今日子は今朝からまったく食欲がなかった。

「どうも、こうもないよ。礼治もわたしも、なんにもなかったみたいに朝会社にきて、働いてる」

「冗談でしょ。なにもなかったはずないじゃない。今日子がなにもしないなら、わたしがその女のことつるしあげにいこうか」

友達はありがたかった。だが、今日子は薄く笑った。笑っても泣いても気分が変わらないというのは、おかしな気分である。

「いいよ。そんなことしても、なにも変わらないから」

「礼治ってひどい男だね。三年もいっしょに暮らしていたら、結婚してるようなものじゃない。それなのに、十コ近くしたの若い女にのりかえるなんて、最低」

今日子は胸のなかで、やはりそう見えるのかと思っただけである。なんだか友人の怒りが新鮮に感じられた。

「ねえ、今夜は帰りたくないでしょう。ずっとは無理だけど、わたしの部屋に泊まりにくれば。そのまえにのみにいってからね」

「うん、ありがとう。そうしてみる」

今日子には自分の痛みが、他人のもののように感じられた。破れた心からはどくどくと血が流れているはずなのに、なにかの実験か標本でも観察している気分だった。

「じゃあ、早めに会社をでて、いったん着替えとかとりにもどる？」

礼治と今日子が暮らす部屋は田園都市《でんえんとし》線の二子玉川《ふたこたまがわ》だった。香織はそのふたつ手まえの桜新町《さくらしんまち》でひとり暮らしをしている。

「うん、そうすることにする」

「だったら、駅まえに新しくできたイタリアンを予約しておくよ。アンチョビとキャベツのパスタがすごくおいしいんだから」

今日子は食品サンプルのようなホットサンドを眺めた。手をつける気にはまったくならない。夜になったら、パスタをたべられるくらいの元気はでるのだろうか。

その夜も、グラスワインとミネラルウォーターを口にしただけで、今日子はなにもたべなかった。洗面所の鏡で驚いた。ふっくらとしていた頰の線が一日で鋭くなっている。ダイエットの経験がある今日子には、ほぼ正確にこの二十四時間で身体から削《そ》ぎ落とされた体重がわかった。二キロと少々というところだろう。ダイエットに一番効果的なのは、失恋だとレストランで香織に冗談をいっている。

すこしだけ酔って、来客用にだしてくれた布団に横になった。となりの香織は真夜中すぎには眠ってしまったが、今日子はまた眠ることができなかった。カーテンに四角く朝日がさして、鳥の鳴き声がきこえるようになったころ、うとうとしただけである。眠らなければ身体がもたない。そうわかっているので眠ろうとするのだが、頭の芯だけが熱をもって冴《さ》えて、眠れないのだった。

食欲と睡眠に障害がでて四日目。ついに今日子は会社を半休して、心療内科に足を運んだ。この四日間合計の睡眠時間は六時間ほど。体重は五キロ落ちていた。最初に張りをなくしたのは、元からおおきくはなかった胸である。誰にもさわられない胸など、おおきさはどうでもよかったけれど。

医師は三十代の女性だった。ひととおり話をきくと表情を変えずに、たいへんでしたねといった。だしてくれたのは、睡眠導入剤と抗鬱《こううつ》剤だった。実際にのんでみると、どちらも弱い薬のようだった。眠りはやってくるのだが、それは夜明けよりもすこし早くなったにすぎず、ふさぎこんだままの気分も晴れることはなかった。

ただ、それでも薬をつかえば、なんとか仮眠はとれたし、身体を動かすことも可能だったのである。今日子は空っぽの人形のように生き延びた。

今日子が苦しんでいるあいだ、礼治はほとんど最小限のことしか口にしなかった。朝早く部屋をでて、寝る直前に帰ってくる生活である。今日子がたべられず、眠れずにいることはうすうす気づいているようだ。それでも、元恋人らしい心づかいも優しい言葉もかけてくれなかった。ときどきひどく苦しげな顔をするのだが、今日子にはそれが良心の痛みなのか、不機嫌な同居人に対するいらだちなのかわからなかった。

いくら恋が終わっても、最低の体調で低空飛行を続けていても、時間は流れていくのだった。失恋当初は五分十分という時間が果てしなく長く思えたのに、いつのまにか一日の業務が終わっている。礼治との関係が終わってから、今日子は全力で仕事に打ちこんだ。それがもっとも時間を早くすすませる方法だったのである。

香織がいきなり企画部に顔をだしたのは、残業中のことだった。

「ちょっといい」

帰りじたくをすませた香織がパーティションのむこうで、手を振っている。今日子は企画書を再保存すると席を立った。

「ここじゃ、なんだから、あっち」

香織がそういって、夏服のスカートをなびかせオフィスをでていった。若い女性のスカートというのはいいものだった。うしろ姿を見て、今日子はそう思った。自分は礼治に別れを告げられてから、パンツスーツしか身につけていない。

廊下の隅で立ちどまると、香織がいった。

「あのね、あんまり気がすすまないかもしれないけど、今週の金曜日、時間空いてない？」

食事でもするのだろうか。今日子の予定など空いているに決まっていた。金曜日も、土曜日も、日曜日もひとりでなにもすることなどないのだ。

「いいけど、なにするの」

香織がいきなり手を伸ばして、今日子の頰をなでた。

「こんなにやつれちゃって、かわいそう。もう三週間くらいになるよね、あれから。今日子はずっと落ちたままで、仕事ばかりしゃかりきにやってるけど、それだけじゃ厳しいんじゃないかなと思って」

香織が遠まわしになにかをいうなんて、めずらしいことだった。

「いくのはいいけど、なんなの」

にっと笑って、同期の親友がいった。

「ショック療法」

「……」

「だから、合コンだって」

驚いた。ほかの男のことなど、まったく考えていなかったのである。

「やっぱり古い恋にけりをつけるのは、新しい恋だよ。いきなり無理してつきあうことはないけど、ちょっとはよその男を見ておいたほうがいいと思って。しりあいでいけてる男子をふたりばかり集めておいた」

今日子はなにもいえなかった。ひとりだけでずっと苦しんでいると思っていたのだ。それがこれほど気にかけてくれる人がいる。もつべきものは、不実な恋人より女友達だった。

「ありがとう、香織」

香織はにこっと笑った。

「いっとくけど、誰かほかの女と同棲《どうせい》してるようなのはひとりもいないからね」

きつい冗談だったが、今日子は涙目で笑い声をあげた。


場所はまた桜新町の駅まえにあるイタリアンだった。香織が呼んだのは、大学時代の友人とその後輩である。どちらもたまたま現在、ガールフレンドはいないという。ふたりが勤めるのは建築資材の会社で、最近景気は悪くないそうだ。

同じ年の杉山博文《すぎやまひろふみ》が乾杯のあとでいった。

「香織のいうことを信じてよかったな。ぼくは昔からショートカットで細身の人が好みだったんです。合コンでは何度も裏切られたけど、今夜はきてよかった」

今日子はまったく心が動かなかった。この人はいい人らしいけれど、男性とつきあうということにまだ怖さと面倒さがあった。微笑しながら、うなずくだけだ。

「待ってくださいよ、先輩」

こちらは三歳年したの藤田芳和《ふじたよしかず》だった。まだ大学生のように見える青年である。

「おれだって、お姉さまはタイプですから。いろいろ教えてもらいたいなあ」

今度はやや冷たい微笑を返した。三年ほど長く生きたからといって、誰かに教えられることなどなにもなかった。それどころか男に振られたくらいで、生命の危機に近いところまでいったのである。いくじなしもいいところだ。眠れない夜明け、今ここで自分が死んで、目を覚ました礼治が遺体を見つけたら、どれだけ痛快な復讐《ふくしゅう》になるかと何度も思った。

藤田がにこにこ笑いながら質問してきた。若いというのは無邪気なものだ。

「今日子さんは、ひと月近くまえに元彼と別れちゃったんですよね。じゃあ、ずっとひとりで淋《さび》しくないですか」

ちらりと香織のほうに目をやった。友人は気をつかって、同棲のことは話していないのだろう。

「そうね、でも淋しいのは慣れちゃったから、だいじょうぶ」

杉山が身体をよじっていう。

「なんかさ、ほんとは悲しいんだけど悲しくなさそうな顔をして、そんなことといわれると男はたまらなくなるなあ」

今日子は媚《こび》を売ったわけでもないのに意外だった。香織が口をはさんだ。

「男ってそういうもんなの？　そんな台詞《せりふ》、杉山くんから初めてきいた」

「それはそうだって。ぴっちり完璧《かんぺき》な化粧して、お色気たっぷりの服を着ても、ダメなんだ。さあ、どうぞって脂っこいステーキだされても、日本人はちょっとね。それよりも、すこし引いた感じのほうが、セクシーだって」

「おれは若いから、ステーキだってぜんぜんいけちゃいますけどね」

ギンガムチェックのテーブルに笑い声が起きた。今日子は不思議だった。別に心からおかしいわけでも、この場をたのしんでいるわけでもない。けれども、笑っているうちにだんだんとそんな気分になったし、この料理おいしそうというううちに食欲がでてきたのだ。まだ味のほうはよくわからなかったが、それでもきちんと一人まえの分量を片づけた。実に、三週間ぶりのことだった。

その夜四人は、よくたべ、よくのみ、よく笑った。レストランをでたときには、終電が近い時刻になっていた。夏の夜風はとても軽かった。今日子の髪をなでるようにすぎていく。駅にむかう途中で、杉山がいった。

「また、会ってもらえませんか。ぼくとしては、この四人じゃなくて、ふたりだけでもいいですけど」

先に立っていた藤田がぱっと振りむくといった。

「先輩、自分だけはずるいですよ。おれにもチャンスをください。また、このメンツでのみ会やりましょう。今度は休みの日がいいな。おれのファッションセンスを見てもらいたいから」

ふたりの男の言葉にも今日子の心はまったく動かなかった。だが、気分がいいのは確かである。駅の改札が明るく夜の街に浮かんでいた。手を振って、香織がいった。

「みんな大満足みたいだから、またこの四人で遊ぼうね」

今日子と男たちは改札を抜けた。男性陣の社員寮は都心にあるのだという。今日子は香織とその夜会ったばかりの男たちに手を振った。ホームは別々である。

「さよなら」

男たちも元気に手を振り返した。若いほうが叫ぶ。

「またねー、今日子さん、おれ、ファンになっちゃった」

年うえのほうが、若い男の頭をはたいた。

「今度はこいつ抜きでお願いします」

今日子は笑って、頭をさげた。返事はしない。このつぎがあるのかどうかも定かではなかった。新しい恋を始めるには、自分の心のスタミナが削《そ》がれすぎている気がする。ホームにおりて、最終電車を待った。意外なほど混んだ、冷房の強い車両にのりこんだ。五分ほどで二子玉川に到着してしまう。

駅のホームから夜の川が見えた。うねるように街の灯を映して流れている。今日子は改札をでると、すぐ部屋に帰るのをやめることにした。そろそろ礼治のもどるころだろう。酔ったままで顔をあわせるのは気がすすまなかった。

その代わり線路沿いに歩いて、多摩川の堤防にむかった。この街で暮らし始めたばかりのころ、レジャーシートをもってよく礼治と散歩にきたものだ。東京でこれほど広い空が見える場所を、今日子はほかにしらなかった。階段をあがり、河川敷におりていく。ヒールのある靴では、砂利道は歩きにくかったが、かまわずに川の近くまでいった。板チョコのように盛りあがったコンクリートブロックに腰をおろす。昼間の余熱のせいか、コンクリートは人肌ほどにあたたかかった。

目のまえにおおきな夜の川があった。対岸の明かりまで数百メートルはあるだろうか。逆さに街の灯を映す川は黒々とすべてを運んで流れていく。最初のうちは身体がその場になじまなかった。川をまえに、ひとりきりでいることが妙に落ち着かない。だが、それも十五分もすれば気にならなくなった。暗い河川敷には人影はなく、誰も自分のことなど注意していないのだ。

今日子は両手をうしろにつき、脚を投げだした。川を見ながら、この三週間を思いだした。礼治のいきなりの告白とその後の空っぽの日々。胸のなかには癒《い》えることのないおおきな傷だけがある。あのときのショックで、まだ自分の心は昔のように流れてはいなかった。凍りついたままの自分がいて、幽霊のように会社で働き、合コンにまで参加しているのだ。

けれども来週の水曜でプレゼンも終了だった。仕事の山を越えたら、いよいよ動きださなければならない。新しい街と新しい部屋を探すのだ。そこで自分はもう一度生き直すことになるだろう。まだ不可能だけれど、新しい恋さえ始めることになるのかもしれない。

今日子は夜の川を見ていた。ときどき魚の跳ねる音がする。コンビニのポリ袋が浮かんでいる。川はなにもいわず、なにも説明しなかった。ただそこにあって、無限の忍耐で上流からやってきた巨大な量の水を下流に押し流していくだけだ。

今日子は自分が夜の川に吸いこまれていくように感じた。身体ではなく、心がである。もう別に死にたくはなかった。この流れのまえでは、自分の命も、失恋も、ほんの一滴の水のようなものだった。わたしたちは一滴にとらわれ、一滴を憎み、それでもその一滴からほんの一歩も外にはでられない。それでも、その他大勢の滴《しずく》たちといっしょに、この川のように流れていかなければならないのだ。生きていることなど、ちいさくてつまらなかった。同時に、そんなものに涙をこぼしていた自分が、ひどく間抜けに思えた。今日子は砂をつかんで、夜の川に投げつけた。煙のように開いた砂ぼこりが、川に運ばれていく。

「……ばかっ」

礼治のことだけではなかった。自分も、礼治も、この世のなかのすべての人間も、みな同じだった。みんなが苦しみ、傷つき、それでもちいさな夢を見るのをやめない。それどころか、ときに無条件に愛されたくなるほど愚かなのだ。今日子は立ちあがった。この流れにひと言かけたら、もう用事がすんだ気がしたのである。

いさましく大またで河川敷を歩き、うしろは振り返らずに堤防をあがった。駅まえにもどるとのどが渇いていたので、コンビニで炭酸いりのミネラルウォーターを買った。これだと胃がすっきりするのだ。

今日子はかよい慣れた道をとおって、ふたりが暮らす部屋にもどった。そっと鍵《かぎ》を開ける。室内にはいると、礼治の寝息がきこえた。思い立って、自分の机にむかう。文房具メーカーで働くだけあって、今日子の引きだしには、各種の筆記用具がならんでいた。そのなかから一番太い油性のペンをとりだす。

ベッドのうえに上半身だけのりだして、昔の恋人で今は単なる同居人の額に手をかけた。乾いた前髪をあげる。無神経な礼治はそれでも安らかな寝息を立てていた。広めの額いっぱいに、今日子は書いた。

バカ!

自分の筆跡をよく眺めてみる。暗い寝室でかぐ油性ペンのにおいがなかなか刺激的だった。明日も礼治は朝からデートなのだろう。若い営業補助の女の子には、自分でいいわけを考えさせればいい。もうこの男のために苦しむ時間は終わったのだ。わたしの日々は、そんなもののためにつかうには貴重すぎる。額の文字のしたに線を引き、いくつか星印をつけてみる。思わず、笑いがこぼれた。最後に男の髪をくしゃくしゃに乱してベッドを離れた。

今日子は一日の汗とこの三週間の痛みを洗い流すため、シャワーを浴びにいった。

東京地理試験

松井《まつい》定明《さだあき》は高校を卒業してから、四十年清掃車を運転した。受けもち区域は、東山や上目黒、祐天寺《ゆうてんじ》のあたりで、目黒区のなかならどんなに細かな路地でもしらない道はなかった。趣味は将棋である。休日は目黒の区民センターで開かれる将棋教室に欠かさず出席した。トラックの運転席にも定跡集や詰め将棋の問題集をもちこむほどの将棋マニアである。

定明は自分に将棋の才能があるとは思っていなかった。三十代の若き天才たちが死闘を尽くすタイトル戦を見ては感心するばかりである。自分にはとても、あんなスーパーコンピュータのような頭脳はない。どんな道でもプロというのは、すごいものだ。自分の仕事を振り返ってみると、どこにも人に自慢できるようなことはなかった。せいぜい飽きず投げずに四十年間トラックを転がしたくらいのものである。

定年退職を迎えて、定明に迷いはなかった。もう十分に働いた。これからは遊んで暮らそう。定明と二歳したの妻・敏子《としこ》のあいだに子どもはなかった。役所の年金はそこそこでも、贅沢《ぜいたく》さえしなければ十分な蓄えがある。

晴れて退職した四月、定明は意気揚々としていた。これからは毎日、将棋教室にかようのだ。二十四時間好きなことだけ考えて暮らせる。最初の一週間は天国だった。

利発そうな顔をした筋のいい子どもたちと対局しては、将棋のこと、世のなかのことをすこしずつ教えてやる。同世代の仲間とは昼食代をかけて将棋をさしながら、年寄りを大切にしない世のなかにさんざん悪口をいいあった。

しかし定明のハッピーリタイアメントの夢は、二週間でもろくも崩れた。将棋で負けがこんできたのである。それまでならちゃんと粘れる局面で、つぎの手を投げるようになってしまった。明日もまたさせると思うと、集中力がまったく続かないのだ。これでは同じレベルの相手から勝星を拾うのはむずかしかった。将棋はかつてのようにたのしいだけのものではなくなってしまったのである。

それでも定明にはほかにやることがなかった。ギャンブルはやらない。酒は体質で一滴も受けつけない。女性にかんしては、自動車の運転以上に小心だった。妻からは男なら一度くらいは浮気をしてみろと、馬鹿にされたことがあったくらいである。その妻への意地もあり、定明はそれからさらに半月つまらなくなった将棋をさし続けた。

ついにあきらめて、かつての職場に電話をしたときには、一カ月がたっていた。

「よう、定さん、どうした。元気でさしてるか」

定明の将棋好きは清掃局では有名である。

「まあ、そこそこな。ところで、嘱託の運転手を募集していたと思うんだが、あれ誰かに決まったかな」

「なんだ、残りの人生、将棋以外はやらないっていってたくせに、もう白旗か」

元同僚が冷やかすようにいった。定明は内心むっとしたが、わざと笑い声をあげた。

「そんなものだ。毎日いくらでもできるとなると、やる気が湧いてこなくなった。遊びはもの足りないくらいが一番たのしいのかもしれん。ところで、嘱託のほうは？」

「それが残念だが、二週間まえに採用を打ち切っているんだ。もうドライバーの席は埋まっちまった」

ため息をこらえて、定明はいった。

「……そうか。まいったな」

また明日からあの将棋教室にかようのか。なんだか区民センターの娯楽室が清掃トラックの運転席に思えてきた。定明だって車の運転をしたくないと思う朝もあったのである。電話のむこうでがさがさと書類を探す音がした。

「そうだ、定さん、あんた第二種の免許もってたよな」

若いころなにかの足しになるかと思い自動車の二種免許は取得していた。結局四十年間、必要だったことはないのだが。

「ああ、ある」

電話のむこうで元同僚はいった。

「だったら、ここなんかどうだ。いずみのタクシー。中堅どころのタクシー会社らしいが、うちに求人がきてるんだ」

トンネルの奥にかすかな光がさしたようだった。またなにか仕事ができる。仕事にいきたくないと文句をいい、将棋をさすのが待ち遠しくなる暮らしがもどってくる。考えてみると、将棋を心ゆくまでたのしむために、自分は仕事をしたいのかもしれない。再就職といっても、これは立派に趣味に生きることではないだろうか。

「わかった。ぜひ、その会社に話をとおしてくれ」

「よっしゃ。日本人は倒れるまで働くようにできてるんだ。定さんも、まだまだがんばれる。動けるうちは稼がなくちゃな」

資料はファックスで送ってもらうことになった。定明は三日後には、数すくない紺の背広を着て、品川にあるタクシー会社に面接にいっている。タクシー業界は規制緩和で慢性的な人手不足のようだった。十五分ほどの簡単な面接で、定明の採用は決定した。

だが、そこから定明の試練が始まったのである。六十近くなってから、こんなに厳しい目にあうとは想像もしていなかった。年はとってみるまで、誰にもわからないものである。

同期はひとりだけだった。芹沢昌也《せりざわまさや》という二十歳年下の男である。昌也は多くを語らなかったが、以前いた住宅メーカーの営業部でいじめにあっていたようである。客の相手をするのはいいが、社内で気をつかうのはもうたくさんだと首を横に振った。

タクシーの乗務員研修は二週間だった。接客のイロハから、交通法規、運転の基礎の再確認をしっかりとおこなう。四十年運転でめしをくってきた定明でも、目から鱗《うろこ》が落ちるような勉強だった。普段なにげなくやっている安全確認にも、深い意味があるものだ。

研修を終えると、最後の関門だった。タクシー乗務員となるには、南砂町《みなみすなまち》にある東京タクシーセンターで、三日間の講習を受け、試験にとおらなければならない。座業の講習はともかく、この試験が難物だった。

定明は目黒区の道なら、困ることはない。だが、東京の場合二十三区だけでなく、武蔵野《むさしの》市や三鷹《みたか》市までをふくむ三多摩の地理にかんする問題が出題されるのだ。たとえば、こんな調子である。

靖国《やすくに》通りと本郷《ほんごう》通りが交差する交差点はどこか？

正解は小川町《おがわまち》交差点。もちろんこたえは選択制なのだが、それでも道路、交差点、公園、建造物、名所、駅、バス停までふくむ問題は、六十歳近い定明には容易なものではなかった。全四十問中三十二問以上正解で合格だった。この東京地理試験にとおらなければ、タクシーの乗務員証はもらえないのだ。ということは、タクシー会社に籍をおいていてもタクシーにのれないということになる。

それでは王将のいない将棋盤のようなものだった。

タクシー会社で研修を受けている二週間、定明の頭には東京都の地図しかなかった。会社からもらった地理試験の問題集を必死になって解いてみる。正解率はせいぜい四割ほどで、合格点の半分もいかないのだった。だが、それもあたりまえである。

東京の西半分で生きてきた人間が、ロッテ会館の最寄り駅はどこかときかれて、即座に錦糸町《きんしちょう》とこたえられるはずがなかった。妻の敏子はそんな夫をあきれた顔で眺めていた。確かに収入が増えて困ることはない。だが、この人は十分にがんばってきた。そろそろ楽隠居という年になってから、趣味の将棋でもこれほどではなかったという勉強を猛然と開始する。寿命が縮むようで、見ていられなかったのである。

最初の試験を受けたときには、五月も終わり近くになっていた。試験会場は講習を受けていたのと同じ教室である。横長テーブルにパイプ椅子がぎっしりとならび、ざっと見ただけで四、五十人の受験者はいるだろうか。定明のとなりでは、昌也が顔色をなくしていた。

「試験なんて大学以来で、ほぼ十五年ぶりですよ」

手には鉛筆の書きこみで真っ黒になった問題集をもっている。

「こっちなんかは、四十年ぶりだ」

頭のなかはパニック状態だった。

「だけど、定さんはどっしりしてるじゃないですか」

あわててさした手にいい手はなかった。あせりが逆効果であることは、将棋で痛いほど身にしみている。

「いいや。やっぱり年をとると記憶力も落ちてくるんだな。交差点も高速の入口もぜんぜん覚えられないよ」

とくに厳しいのが建造物の名前だった。パークハイアットとグランドハイアットとセンチュリーハイアット。六本木《ろっぽんぎ》にあったのは、どのホテルだろうか。そんなものを還暦近い人間に覚えろというほうが無理なのだ。問題用紙をもった若い試験官が教室にはいってきた。

「はい、静かに」

大人になって受ける試験は嫌なものである。教室は緊張で静まり返った。試験問題が配られる。B4の横長の用紙だった。腕時計を見る。もうすぐ、午後一時だ。試験官が壁の時計を確認した。

「試験時間は六十分です。では、始め」

深呼吸してから、定明は最初の試験用紙をめくった。第一問が目に飛びこんでくる。

つぎの高速道路出入口は、どの高速道路につうじているか、選びなさい。

扇大橋《おうぎおおはし》、高樹町《たかぎちょう》、足立入谷《あだちいりや》、一之江《いちのえ》。こたえの欄には、3号渋谷線、5号池袋線、7号小松川《こまつがわ》線、川口線、中央環状線、都心環状線とむっつならんでいる。定明にわかったのは、高樹町の都心環状線だけだった。

手にした鉛筆が汗でぬるぬるになった。とりあえず、正解のわかっているものだけ書いてつぎの問題に移る。

つぎの建造物の最寄り駅をこたえなさい。

オランダ大使館、コンラッド東京、立教大学、東京国際フォーラム。

外資系の高級ホテルや大使館など、定明の人生には背景としてさえ登場したことはなかった。もう完璧《かんぺき》にお手あげである。あとは勘で埋めていくしかないだろう。

定明は心のなかで、まいりましたといって、深々とため息をついた。

東京地理試験の採点は即日おこなわれる。合格発表は午後三時半で、その日に乗務員証をもって帰れるのだ。緊張で顔を青くしていた昌也は一回で、しっかりと合格していた。定明の得点は十七点だった。合格の三十二点のほぼ半分の数字である。

「おめでとう。若いというのは、やはり違うもんだなあ」

昌也は安堵《あんど》で顔を崩して笑った。

「だいじょうぶですよ、定さん。この試験の合格率は半分を切ってますし、みんな二、三回受けるのがあたりまえなんですから」

確かにそのとおりだった。その日の合格率は四割をすこし超えるくらいのものだったのである。すこしだけがっかりしていたが、定明にはまだあせりはまったくなかった。

その日の夕食には、定明の好きなヒラメの刺身がでた。敏子は気をつかって、試験のことにふれようとしない。逆に定明のほうが普段と違って饒舌《じょうぜつ》になった。

「いやあ、まいった。飛車角落ちでプロとさすようなもんだ。鎧袖一触《がいしゅういっしょく》というのは、あんな感じなんだろうな」

刺身をつまんで、ビールを空けるひざのうえには、開いたままの問題集がある。敏子はいつものように冷たかった。

「まあ、あなたも自分で決めたことだから、せいぜいがんばったら。せっかくだから、合格したら旅行にでも連れていってよ」

「おう、まかせておけ」

あとは会話が続かなかった。ニュース番組のお買い得情報がふたりのあいだを流れていくだけである。


定明も三回目の不合格までは、まだあせりを感じなかった。だが、さすがにそれ以降はタクシー会社の事務所にもどって、不合格を報告するのが苦痛になってきた。あとからやってきた若い乗務員候補は、つぎつぎと高い壁を越えていく。

めずらしく雨のすくない六月、定明は古い自転車を引っ張りだした。地理試験にはバス停のようにA地点から、B地点までの地名をならべさせる問題もある。定明のガレージには、軽自動車がとまっているのだが、車で流すだけではとてもそこまで頭にはいらなかった。

東京を六つの地域に分けて、毎日別々の方向へ自転車を走らせる。武蔵野市・三鷹市の場合は幹線道路に関する問題がメインで、建造物などは出題されずかえって簡単なのだった。

薄曇りの蒸し暑い一日、定明は地図を片手に自転車で駆けまわった。東京には無数の道路と地名があるようだった。そのすべてが昼は照り返しで一枚の銀の帯になり、夜は黒い一枚の板になる。どこまでペダルを踏んでも、果てがない。道というのは、なぜこれほど人生に似ているのだろうか。この年でこれほど重いペダルを踏まなければならないのだ。山の手に多い坂をのぼるたびに、定明は心のなかで不平をいいながら、あごの先から汗の滴《しずく》を落とすのだった。

不合格が五回を超えたあたりから、事務所で定明のことが話題になり始めた。今度の新人で飛び切りとろいやつがいる。もしかすると不合格記録を塗りかえるかもしれない。これまでのところ、最多で九回目が合格者の記録だった。定明の耳に直接はいったわけではないが、同僚のなかにはいったい何回目で定明が合格するか、賭《か》けをしている者もいるらしい。ギャンブル好きが多いのも、この仕事の特徴かもしれなかった。

定明は会社や同僚からのかすかに好奇と嘲《あざけ》りをふくんだ視線を頭をさげてやりすごした。この五十年間、ずっとそうしてきたように自暴自棄を排して自分を律したのである。子どものころから勉強はできなかった。人が簡単にできる算数の計算や漢字の書きとりが、少年だった定明には困難を極めた。

どうやら自分の頭が人よりも劣っていると気づいたのは、小学校の高学年である。そのときから、人の何倍も頭をさげることにしたのだ。すくなくともさげている頭をなぐる人間はいないだろう。将棋との出会いも同じ時期だった。小学校の課外活動で初めて将棋をさし、顧問の教師にほめられたのだ。筋がいい。見こみがある。頭をつかうことでほめられたのは、そのときが生まれて初めてだった。

あの日から五十年以上、将棋をさしてきた。必死に勉強もしたが、腕はアマの初段がいいところである。だが、それでも定明は将棋を捨てなかった。子どものときのひと言が人生を決めることがある。

教師のなにげないほめ言葉が、定明の一生を支えたのだ。

七回目の地理試験に落ちた夜だった。このころになると、受験日でも食卓に定明の好物がのせられることはなくなっている。ふたりとも試験については、ひと言もふれなくなっていた。

ところが食器を片づけながら、敏子がいったのである。

「あなた、つぎの試験で受からなかったら、もうタクシーはあきらめなさいよ」

五日市《いつかいち》街道と吉祥寺《きちじょうじ》通りの交差点は、八幡宮《はちまんぐう》前交差点。問題集を見ていた定明は、声の調子に驚いて顔をあげた。敏子は台所で振りむかずにいう。

「九回が最悪の記録なんでしょう。つぎで八回目になる。それでダメなら最悪の記録を塗りかえるかもしれない。いい年をして、そんな恥をかくことはないでしょう」

定明はひざのこぶしをぐっとにぎったが、文句はいわなかった。試験に落ちたのは自分なのだ。

「わかった。つぎで最後にしよう」

それから数日間、問題集をもう一度解き直し、自転車で自分の弱点である城東《じょうとう》地域を駆けまわった。しっかりと準備をして、最後の機会に賭けたのである。試験日当日は、朝からいつ雨が落ちても不思議でない泥のような空だった。

定明は十年以上昔の型の背広を着て、東京タクシーセンターにむかった。午前中は近所の喫茶店で復習をしてすごした。窓の外ではぽつりぽつりと小粒の雨が街路樹にあたっている。

試験場で定明のとなりに座ったのは、三十歳以上は若い、子どものような男だった。また先を越されるのだろうか。これまでの人生で、いったい何人の後輩が自分を飛び越えていったのだろう。

試験用紙が配られて、開始の合図が告げられた。いつものように深呼吸をする。

（ダメでもこれで最後だ）

すがすがしい気分が自分でも不思議だった。用紙をめくると、最初に目に飛びこんできたのは、碑文谷《ひもんや》公園の文字だった。身体のなかを歓喜が走る。問題を解くこともなく、最後まで内容にざっと目を走らせる。三宿《みしゅく》、三軒茶屋、自由通り、旧山手通り、林試《りんし》の森、駒沢《こまざわ》オリンピック公園。問題は目黒区、世田谷《せたがや》区、渋谷《しぶや》区、品川区、大田区からの出題だった。これなら、どれほどの難問でも敵ではなかった。ほかの地区の問題では歩《ふ》だった自分が、と金《きん》に成りあがるようなものである。

最後の最後で、こんな運がめぐってくる。じわりと涙がにじんだが、定明は老眼鏡をかけ直して、じっくりと問題にとりくんでいった。

三時半の合格発表の直前である。

廊下のベンチに座っていると、白い長靴のつま先が目にはいった。雨で濡《ぬ》れて新品のように光っている。午後にはいって雨脚が強まったようだった。

「あなた、お疲れさま」

定明は顔をあげた。敏子がしわの目立つ顔で笑っていた。

「今度落ちたら、あなたが自殺でもするんじゃないかと心配になって、ここまできちゃった」

定明はただうなずくだけだった。自分は風采《ふうさい》もあがらない、出世もしない、金に縁のない男である。あれこれと文句をいいながらも、ついてきてくれただけで十分だった。その妻が一張羅のスーツを雨でびしょびしょにして、自分を迎えにきてくれる。じわりと涙がにじみそうだが、定明はこらえた。

「おや、松井さん」

顔見知りの教官だった。同じ年配なので、暗記力を測る試験のつらさはよくわかってくれる人である。

「ああ、どうもうちの主人がお世話になっております」

定明がこたえるより早く頭をさげたのは、敏子である。教官は目を丸くした。

「ほう、奥さんですか。うちの合格発表で、若い男の子の保護者が数回心配で顔をだしたことがあったけれど、奥さんというのは初めてですよ。どうですか、これから発表をしますから、教室で見学していきませんか」

教官の目は穏やかだった。敏子があわてて顔のまえで手を振った。

「いいえ、とんでもない。もし、また不合格だったら、夫婦で恥をかくことになりますから。せっかくのお気づかいですけど」

「いいから、いいから、いっしょにいらっしゃい」

せきたてられるように定明と敏子は、横長テーブルのならぶ教室にはいった。すでに受験者で席はいっぱいである。不景気の風が吹いて、リストラ組の乗務員志望はあとをたたなかった。教官が黒板のまえに立った。

「では、合格者を発表します。合格者はのちほどしたの窓口で、手数料を払って乗務員証を受けとってください。ただし、この地理試験の合格はプロのタクシー乗務員への第一歩にすぎません。安全運転と優良サービスを心がけて、日々精進してください」

手元の紙片に目を落とした。

「一番、足立俊明、三番、川上功治、六番、日野智治……」

定明は受験票を確認した。自分の番号がだんだんと近づいてくる。合格者の割合は、今回も四割ほどのようだ。

「十四番、石岡敏郎、十七番、平井良介……」

教官が目をあげて、定明を見た。笑みをふくんだ視線でわかった。身体のなかをよろこびが駆けまわる。

「十八番、松井定明」

定明にはなにかをいう間もなかった。名前が呼ばれた瞬間に、となりで妻が声をあげて泣き始めたからである。困惑した定明の涙はすっかり引っこんでしまう。蒸し暑い梅雨の午後、自転車で走りまわったのは自分なのだが。教官は涙もろいようだった。メガネのしたに指をいれて、あわてて涙をぬぐっている。

「えー、松井さんは本日八回目の地理試験で合格した。あと一回で最多記録タイにならぶところだったが、猛勉強で壁を越えた。奥さんといっしょに合格発表をきいた乗務員は、このセンター初のことです。みんな、拍手」

年齢もばらばらの男たちが教室のあちこちで拍手を始めた。自分はなにもしていない。ただ不出来でなかなか合格できなかっただけなのだ。頭をさげて、定明は自分と妻に贈られた拍手に打たれていた。華やかな場所になど立ったことのない定明は、このときのことをいつまでも忘れないだろう。この拍手は立派なプロの乗務員になって、お客さんに返そう。まだ声をあげて泣いている妻に、テーブルのしたで手を伸ばした。若いころは張りのあった手の甲は自分と同じように、乾いてしわが寄っている。だが、その肌一枚したにある血の流れとその熱さは、若いころとすこしも変わっていなかった。

定明はほかの誰にもききとれないほどちいさな声でいった。

「心配かけたな、敏子。わたしがグズなばかりに」

敏子はハンカチを目にあてたまま、うなずいただけだった。泣き声はいっそうおおきくなる。妻は席を立つと教室のうしろの出入口からでていった。教官は合格者の発表にもどっている。

「二十二番、岡本幸次郎、二十六番、片瀬秀治、二十九番、横山次郎……」

定明は音楽のようなその声を身体中できいていた。

十分ほどして、敏子がもどってきた。崩れた化粧をなんとか洗面所で修復してきたようだ。もともと美人ではないが、愛嬌《あいきょう》のある人懐こい顔である。

「あー、心配して損した」

教室に残っているのは、定明と教官だけだった。教官がいった。

「ご主人のことがそんなに心配でしたか」

雨あがりの空のように敏子の表情はからりと乾いている。敏子の気もちは軽い車輪のようにクルクルとよく動いた。

「それはもう。うちの人は気がちいさいし、くよくよ根にもつタイプだし、いくじはないし、なんだか心配でいつもそばにいてやらないといけないんです」

教官は笑った。

「ほう、それはうらやましい」

定明は気のきいたことをいいたかった。だが、そういうときに限って言葉がうまくでてこないのだ。教官が定明の試験を見せてくれた。

「今回の地理試験、唯ひとりの満点でした。お疲れさま、これからもがんばりなさい」

定明は頭をさげた。人に頭をさげるのを、これほど幸福に感じることはまれである。

「せっかくだから、奥さんを連れて、このセンターのなかを見学していきませんか。みんなにおたくたち夫婦を紹介したいんだ」

定明はまた頭をさげた。自分はなにもしていないのに、きっと運がいいのだろう。

敏子がさっさと席を立ち、教官のあとをついていく。いつも定明よりも一歩行動の早い妻だった。

「さあ、あなた、見学にいきましょう。帰りにお鮨《すし》おごってあげるから。よくがんばったごほうびね」

松井家では財布のひもは敏子がにぎっていた。定明はすこし丸くなった妻のうしろ姿を眺めながら、雨の音がする廊下を歩き始めた。

ミツバチの羽音

お客さま情報室の壁には、おおきな時計がかけてあった。文字盤が白く、針は黒々と太く、見誤りがないように数字も全体のバランスが崩れるほどおおきくなっている。

（この部屋には実用以外の目的などなにもないんだ）

山崎素世《やまざきもとよ》はデスクの右手におかれたコピー用紙の束を見た。厚さは十センチほどあるだろうか。全国各地の店から送られてきたお客さまカードのコピーである。住所、氏名、年齢、生年月日、電話番号、職業、DM送付のイエスノー。一枚のコピー用紙には最低でも、それだけの個人情報が書きこまれていた。気のいい客なら、さらに家族構成や携帯電話の番号、自宅のパソコンのアドレス、それに加え家族全員の誕生日まで記入していた。オーロラグループでは、誕生日に割引のクーポン券を贈るサービスをおこなっている。あの五百円引きのチケットほしさに、これほどの情報を書くのだ。信じられない客もいたものである。

素世の仕事は、手書きのカードからフォーマットになった顧客テンプレートに個人情報を入力することだった。一時間に二十人から三十人の入力をキーボードでおこなう。一日の労働時間は七時間なので、一日二百人分ほどになるだろうか。十センチの紙の山はそれでも四分の一ほどしか片づかなかった。オーロラグループは、全国に巨大なショッピングセンターをいくつも展開しているので、カードは毎週のように大量に送られてくる。砂漠の砂粒を拾うように尽きることのない仕事だった。

「まったくいくらパチパチやっても終わらないわね」

となりのデスクで、浜名喜代子《はまなきよこ》が不平をいった。両手で自分の肩をもんでいる。もう四十代も後半なので、一日ディスプレイを見つめているとひどく肩が凝るのだという。

「そうですね」

冷たくあしらうように、素世は返事をした。あまりこの人にかかわってもいいことはない。いつだったか、パソコンの操作ミスでデータが消し飛んだと大騒ぎをしたのだ。素世はその復元のために、自分の作業時間から貴重な二時間を奪われたのである。

「あっ、そうだ。山崎さんに、おかずを一品つくってきたの」

喜代子がオーロラのショッピングバッグからだしたのは、ポリ袋にはいったちいさなタッパーウェアだった。

「ほら、ひとり暮らしだと野菜が足りないでしょう。筑前煮《ちくぜんに》、よかったらお昼にでもたべて」

ポリ袋の底に醬油《しょうゆ》色の汁がたまっていた。それを素世の机におく。すぐに甘辛いにおいがただよってきた。顔をひきつらせないようにこたえるのが精いっぱいだった。

「ありがとうございます。でも、今度からはこんなに気をつかわなくていいですよ」

素世はポリ袋にふれることなくそういった。煮つけのにおいをかぎながら、午前中の仕事をするのはうんざりする。だが、それと同じくらいくしゃくしゃになったポリ袋にふれるのが嫌なのだ。壁の時計は九時二分まえになった。室長の武信宏一《たけのぶこういち》が前方遠くでいった。

「今日も一日よろしくお願いします。現代の小売業ではお客さまの情報が命です。その命を預かっているのは、このお客さま情報室のみなさんです。間違いのないようていねいに入力してください。では、いつものようにいきますよ。ご唱和ください」

定年まであと二年を残す武信室長は腕時計を確認した。ぴったり九時に作業をスタートさせるのが好きなのだ。

「みんなはひとりのために、ひとりはみんなのために」

オーロラグループの二代目社長の好きな標語だった。補欠だったが、六大学のラグビー部出身らしい。部屋のなかにいる四十八名の声がそろった。

「みんなはひとりのために、ひとりはみんなのために」

時計の針が九時をまわった。いっせいにキーボードをたたく音が鳴り始めた。それはバイクのエンジン音やミツバチの羽音に似たどこか甲高いざわめきである。生きものの立てる音にはきこえなかった。いや、それともこれは生きものが無理やり機械にされるときにあげる悲鳴なのかもしれない。仕事にはいれば素世はただの入力マシンだった。一枚目のコピー用紙に目をやった。

（住所は愛知県碧南《へきなん》市……名前は村田一実……電話番号は……）

素世のキーボードは歌うように入力を開始した。それにしても、命というほど大切なお客さま情報なら、なぜきちんと正社員で扱わないのだろうか。この部屋にいる正社員の比率は二割を切っていた。やる気のないＯＬが半分と残りはリストラ組か懲罰のために飛ばされた先のない男性社員である。

素世はそれからなにも考えなくなった。意識をシャットアウトして、単純作業に没頭する。そうすれば午前中の三時間など、気がつけば終了しているのだった。

昼食は年の近い友人と社員食堂にいった。川本《かわもと》里恵《りえ》と藤木《ふじき》麻由香《まゆか》のふたりである。どちらも独身で、どちらも新卒時は就職氷河期。正社員を逃した素世と同じコースを歩んでいる。里恵がいった。

「そのタッパー、どうしたの」

気のりのしない声で素世がいう。

「となりの浜名さんにもらった。筑前煮だって」

「ははあ、それは困ったね。いらないってつき返すわけにもいかないし」

里恵はさっぱりした性格である。素世の気分を読んだようだ。麻由香がポリ袋に手を伸ばした。

「まあ、いいじゃない。ひと口味見してみようよ」

タッパーのふたを開くと、煮物のにおいが広がった。サトイモ、ニンジン、タケノコ、絹サヤ、よく味の染みこんだ照りのある煮あがりである。麻由香がはしを伸ばした。サトイモをひとつつまむ。

「うーん、ちょっと甘辛すぎかなあ」

「どれどれ」

里恵がすこし煮崩れたニンジンを口に運んだ。

「確かに、これは味が濃いね」

それをきいて、素世はたべる気がなくなった。朝食といっしょにつくったランチは、ハムと卵のサンドイッチである。筑前煮とあうわけがなかった。煮物のにおいがいたたまれなくなって、ふたを閉めた。残りは食堂をでるときにたべ残しのバケツにでも捨てればいい。素世はサンドイッチをかじっていった。

「それより、里恵は就職試験どうだった？」

三人の会話は正社員への転職と結婚がらみが多かった。なかでも死活問題なのは、契約社員から正社員へのアップグレードである。

「今、ライトアップコミュニケーションの二次まですすんでいるけど。わたしたちと同世代の人がすごくたくさんきてるから。ちょっと先はわからないなあ」

その会社はネット広告で急成長中だった。麻由香がため息をついていった。

「いいなあ。ライトアップはオフィスが渋谷でしょう。ここみたいに溝《みぞ》の口《くち》だと、とてもおしゃれな街とはいえないもんね」

同じ田園都市線一本とはいえ、ターミナルの都心駅・渋谷と神奈川県の溝の口ではおお違いだった。

「うまくいくといいね。渋谷の正社員のOLか。溝の口のパートタイマーよりもずっといいよ。わたしも受けてみればよかったかな」

素世の嘆きは心底からのものである。時給は神奈川県の最低賃金に近い七百八十円だった。一カ月働いても十二万ほどにしかならない。ボーナスも昇給もないいきどまりの仕事で、交通費はでるけれど、あとはいっさいの手当がない。それでいて、上司に文句もいえない一年契約のつかい捨てだった。三人の昼食が手づくりなのは、外にたべにいくどころか、社員食堂でさえ高いからだ。ここでなら、お茶だけはただでのめる。

素世も毎月のように就職活動はしていたが、これはという企業のほとんどは新卒あるいは第二新卒までの採用が主で、氷河期世代を救うような募集は数すくなかった。

「それより、きいた？」

麻由香が声をひそめた。社内の噂に詳しい麻由香のことである。また情報室の契約社員が正社員の妻子もちに遊ばれているというのだろうか。

「はいはい、もったいぶらなくていいから、さっさといって」

素世はあっさりと麻由香を流した。

「もう、素ちゃんは冷たいんだから」

社会に冷たくされたら、誰だって人に冷たくなる。素世はあたりまえの台詞《せりふ》を自分の胸にのみこんだ。

「あのね、もしかしたら、情報室が閉鎖されるかもしれないんだって」

里恵と素世の声がそろった。

「えっ！」

また麻由香が声をちいさくした。背が丸まって、まえかがみになる。

「ここだけの秘密情報だよ。今、オーロラグループでは全国四ヵ所にお客さま情報室があるでしょう。それをどこかに一本化して、コストダウンするって話をきいたんだ」

自分の声にあせりがでたのがわかった。

「誰から」

「五十嵐《いがらし》さん」

「なるほどね。あの人なら情報は早いものね」

五十嵐は前任店で出入りの業者と問題を起こして飛ばされてきた男性社員だった。噂ではうしろ暗い金のやりとりがあったらしい。仕事はまったくやる気がなく、なんとか情報室をでようと社内工作に飛びまわっている。里恵がはしを休めていった。

「コストダウンか。そこまで人件費を削ってどうしようっていうんだろうね。わたしたちだって消費者じゃないのかな。わたしは絶対にうちの系列の店でショッピングなんかしないよ、そんなことになったら」

素世は考えていた。山形、沖縄、神奈川、兵庫の四ヵ所にお客さま情報室はある。山形と沖縄は最低賃金が、時給でここよりも百円以上安いらしい。ひとり一日七百円として、同じ人数を雇っても三万円弱は人件費が浮くはずだ。月に六十万近い経費削減。人の痛みへの感受性はないが、頭だけはいい誰かが机のうえで計算しそうなコスト削減案だった。

「こんな仕事でさえ、あるだけありがたいと思わなくちゃいけないのかな」

里恵がささやくような声でそういった。明るい日光のさしこむ清潔な社員食堂だった。壁には手書きのスローガンが貼りつけてあった。

「みんなはひとりのために、ひとりはみんなのために」

切り捨てられる人間は、ひとりでも、みんなでもないのだろうか。素世の食欲が一気に消えていった。麻由香がそれほどこたえていないのは、実家暮らしだからかもしれない。切実さの度合いが、自分とは違う。

（いよいよ本格的に仕事探しをしなくちゃダメだ。もうこの仕事にぶらさがってはいられない）

素世のあせりは深かった。じっと見つめる先には、煮物の汁で茶色くなったポリ袋がくしゃくしゃになっている。自分の人生がその染みのようにつまらないものに思えて、素世は目を伏せてしまった。

ランチボックスと洗ったタッパーをもって、素世は席にもどった。礼をいって、空になった容器を返そうとしたが、昼休みが終わりになっても喜代子はもどってこなかった。武信室長がやってくると、いまいましげにいった。

「困ったもんだな。浜名さんには」

室長はデスクのうえに広げてあったコピー用紙をとりあげた。素世は質問した。

「なにかあったんですか」

「また、いつもの子どものトラブルだ。養護学校でなにかあったらしくて、いきなり午後は半休にさせてくれないかという。こっちには仕事の都合ってものがあるんだがな」

自分にボーナスがないのも、昇給がないのも、その仕事の都合なのだろう。喜代子からは、長男に障害があるときいたことがあったが、関心がなかったので、そのままきき流していた。

「まあ、いい。今日はもどってきて、仕事を続けるというし。なんだ、まだぜんぜんすすんでないじゃないか」

素世は自分の仕事に集中することにした。確かに未来のない仕事かもしれない。だが、今はこの職場にしがみつくことしかできなかった。そうしなければ、未来どころか月末の部屋代もあぶない。

コピー用紙を手元に引き寄せて、午後の入力を再開した。すでに自分が崖《がけ》っぷちなのだ。素世には他人のことを考えている余裕はなかった。

三時になると正社員のＯＬが席を立った。労働組合の協定で、パソコン作業には午後にも三十分の休息時間が認められている。ハンカチを手に社員食堂にむかう女性社員には、悪びれたところはなかった。ほかの大多数の契約社員は無言で入力を続けるだけだ。

正社員には入力のノルマはなく、三十分のおやつ休みがあった。素世たち契約社員には休み時間はなく、逆にノルマがあった。最低ラインは一日百六十人分である。不公平であるのは誰もが気づいていた。けれども、この職場のなかには明白な身分の違いがあるのだ。その壁をのり越えることはできないし、不平を口にする者もいなかった。

素世は耳の底でミツバチの羽音をききながら、なにも考えずに入力を続けた。ブラインドタッチはこの職場にきて、二週間で身についてしまった。だが、自宅でメールを打つときには、しっかりとキーボードを見て打っている。機械になって入力するとき以外には役に立たないテクニックなのだ。友人につづる文章はゆっくりと考えながら打ちたいものである。

喜代子がもどってきたのは、終業時間まで一時間を切った四時すぎのことだった。
最初に武信室長のところに挨拶《あいさつ》にいって頭をさげている。ききたくはないが、室長
の怒りの言葉が耳にはいってしまった。
「もういいから、さっさと仕事にもどってください。こんなことばかり続くと、来年
の契約更新で、申し送りを書きますよ」
気の弱そうな男が目をつりあげて怒っていた。何度も頭をさげて、喜代子が自分の
机にもどってきた。タッパーに気づくと、ちらりと笑顔を見せた。小声でいう。
「たべてくれたんだ。よかった」
ほとんど食堂のバケツに捨てたとはいえなかった。はしをつけていない素世は、お
いしいといえずに礼だけ口にした。
「ありがとうございました」
喜代子はちらちらと腕時計を見ていた。
「あの、山崎さん、悪いんだけど、会社のまえにタクシーを待たせているの。息子が

のっているんだけど、ちょっとお金が足りなくて。千五百円ばかり貸してもらえないかな」

驚いてしまった。だが、返事をするよりも先に手が動いていた。財布をだしていった。

「二千円あります。明日返してくれればいいですから。どうぞ」

机のしたから、となりにさしだした。喜代子が受けとるかと思ったら、逆に素世のてのひらに自分の二千円をのせてくる。声を殺して、喜代子がいった。

「お願いだから、タクシーの運転手さんにこれといっしょにわたしてきてくれない。恩に着るから。また部屋をでたら室長になにをいわれるかわからないでしょ。来年馘《くび》になると、うちは困るんだ」

面倒だなと素世は思った。うえからにらまれている人間に、あまりかかわりになりたくはない。

「お願いします」

喜代子は両手をあわせていた。考えてみれば、この職場にきてから誰かに真剣にものを頼まれたことはなかった。契約社員はみな自分の身を守ることで精いっぱいで、横のつながりはほとんどない。自分たちの境遇について文句をいいあうことさえなかった。素世は近くの正社員のデスクを見た。女性社員はゆっくりと両手の人さし指だけで入力していた。五十嵐はキーボードのうえにビジネス誌を広げて読んでいる。きっとより効率的な経営の手法でも書いてあるのだろう。素世は急に腹が立ってきた。くしゃくしゃの千円札をつかんで、きつい声でいった。

「わかりました。これをわたしてくるだけでいいんですね」

素世は席を立った。女性がほとんどの職場である。休息時間はなくとも、手洗いは各自自由にいくことができた。お客さま情報室をでて廊下をすすみ、タイムカードを横目に倉庫のような建物をでた。正門のまえにはタクシーがとまっている。後部座席の開いた窓から、男の子が首をだしていた。見たところごく普通の少年のようだった。素世が制服にサンダルばきで近づいていくと、十二、三歳の男の子がいった。

「か、か、か、かーさん。かーさん」

タクシーのシートの横には金属製の松葉杖《まつばづえ》がおいてある。素世は胸をつかれた。喜代子はこの子を抱えながら、苦手なパソコン入力の仕事を続けているのだろう。運転手が窓をさげていった。

「さっきのお母さんじゃないんですね」

素世は頭をさげた。タクシーなどこの数年間でかぞえるほどしかのってはいなかった。

「代わりにきました。これで家まで帰れますよね」

四枚の千円札をわたした。運転手の顔をしっかりと見る。気のよさそうな初老の男性である。素世は目を見ていった。

「家のまえまでいって、この子がちゃんと帰るのを見守ってやってくれませんか」

「はあ、わかりました。ご心配ですもんねえ」

男の子が後部シートで叫んでいた。

「か、か、かーさん。どこ、かーさん」

素世はかがみこんだ。男の子の頭に手をのせる。意外なほどあたたかな髪だった。

「だいじょうぶよ。お母さんは仕事をしていくから、あなたは先に帰ってなさいって」

男の子の目はよく濡《ぬ》れ光っていた。底まで見える泉のように透明だ。

「じゃあ、運転手さん、お願いします」

オレンジ色のタクシーが走り去っていく。素世は角を曲がるまで見送って、サンダルの音を鳴らして行進でもするように会社の敷地を歩いていった。

情報室にもどると喜代子が小声で、声をかけてきた。

「ごめんなさいね、山崎さん。迷惑をかけちゃって」

「いいです。息子さんの名前はなんていうんですか」

「喜一《きいち》。わたしの名前から一文字とったの。うちのダンナがつけたのよ」

自分の席に腰をおろした。自分でもよくわからない怒りの塊が、腹の底に沈んでいる。こんなふうに人を差別する会社にも、単調な入力作業にも腹が立ってたまらなかった。

ささやかでもいい、なにか反抗することはできないのだろうか。

壁の時計を見た。終業時間まであと四十分。自分の机のうえのコピー用紙を見た。もう今日のノルマは終了している。

「喜一くんの具合はよくないんですか」

喜代子はせっせと入力を続けていた。一刻も早く帰ってやりたいのだろう。素世のほうを見ずにいった。

「そうね。障害をもっている子って、ほかのところも弱くてね。うちはしょっちゅう風邪をひいてるの。昨日から風邪気味で調子が悪かったんだ。でも、学校にいかせないと、わたしが仕事にでられないでしょう。それで無理してやったんだけど、午後から熱がでてね。それで呼びだされたの」

喜代子は集中しているようだが、それでもキータッチのスピードは若い素世とは比較にならなかった。会社を抜けだしていた時間は三時間とすこし。このまま今日の分のノルマを果たすには、午後八時すぎまで残業をしなければならないだろう。半休を認めなかった武信室長が、ノルマを果たすまえに帰してくれるとは思えなかった。

素世は男の子の目を思いだした。悲しいほど澄んだ目。

「そのお客さまカード、半分ください」

喜代子がディスプレイから顔をあげた。

「だって、山崎さん、それは……」

おたがいのあいだで仕事の分配をすることは、規則違反だった。消費者の個人情報保護のためという名目もあるが、素世は契約社員同士で横のつながりができるのが嫌なのではないかと思うことがあった。たとえば今回のようにつかい捨ての社員が助けあったりする。それがきっと会社は嫌なのだ。

「規則違反なのはわかっています。でも、決まった罰則はないし、うまくやればばれることはないです。浜名さんの残業時間が半分以下になりますよ」

喜代子が驚いて目を見開いていた。あまり口をきいたこともないただの同僚である。それがいきなり規則違反をしても、仕事を手伝うといってきたのだ。

「デスクのしたでカードをください。わたしが入力した分はオンラインではなく、ディスクにいれてもどします。それなら、記録が残ることもないです。今、室長が電話中だから、早く」

喜代子がおどおどと前方のデスクに目をやった。会話をきいていたのだろう。まえに座る里恵が振りむいて、素世を見た。

「まったく、あの室長はほんとせこいよね。あのさ、素世がやるならわたしも手伝うよ。こっちにも三分の一まわして」

机のうえのコピー用紙の束をみっつにわけると、喜代子はそっとふたりにさしだした。

「山崎さん、川本さん、ほんとに迷惑かけて、ごめんなさい」

さっと奪いとって、里恵は笑った。

「いいよ。別に浜名さんのためだけにやってるわけじゃないから。わたし、この会社にうんざりしてるんだよね」

なんでもはっきりと口にする里恵らしい台詞《せりふ》だった。素世も同じ気もちはあったが、あの男の子を見たあとでは、それだけではすまなかった。

「喜一くんが待ってるんですよね。だったらなるべく早く帰ってあげたほうがいいです」

素世は受けとった分を机にのせると、全速力でキーボードを打ち始めた。ディスプレイが新しい情報で埋まっていくのが、これほどうれしいと思ったことはなかった。素世はこの仕事に就いてから初めてのやりがいを感じた。

キーを打つ音が、ひとつながりのメロディのように歌いだした。素世はちいさくハミングしながら、お客さまカードの情報をデジタル化していった。

里恵が手伝ってくれたおかげで、六時ちょうどに作業が終了した。お客さま情報室に残っているのは、ほかに契約社員が数名だけだった。正社員は定刻に帰っていたし、武信室長は会議だといってどこかにいってしまった。喜代子が深々と頭をさげていった。

「今日はほんとにどうもありがとう。助けてくれるなんて、ぜんぜん思わなかった」

横のつながりのない砂のようにばらばらな契約社員の職場だった。これで明日からすこしは雰囲気が変わるのだろうか。あまり期待はできないかもしれないと素世は思った。誰もが自分のことで手いっぱいだ。帰り支度をしながら、里恵がいった。

「そういえば、お昼の筑前煮《ちくぜんに》、おいしかったけど、ちょっと味つけが濃かったかな」

「あら、そう」

タイミングの悪いときに里恵がいわなくてもいいことを口にした。おかしな間があいてしまう。素世は喜代子の顔を見た。これからきちんとこの人とむきあうのなら、嘘をつかないほうがいいのだろう。

「わたしはたべなかったから、よくわからないや。浜名さん、お礼だとかいって、別に手づくりの惣菜《そうざい》はいらないですから。わたしはそういうのほんとは苦手で」

喜代子はあっけにとられたように素世を見つめていた。

「なんだか山崎さんて、おもしろいのね」

素世は自分のどこがおもしろいのか、よくわからなかった。

「喜一くんが待ってますよ。早く帰ってあげたほうがいいんじゃないですか」

せかすようにいうと、また頭をさげて喜代子ががらんとしたお客さま情報室をでていった。パソコンをのせた五十の机が無表情にならんでいる。里恵が腕組みをして笑っていた。

「やっぱり素世はおもしろいね。男だなあって、今、思ったよ。嫌なこともはっきりいえる。そっちが女でなくて男なら、つきあってあげてもいいくらいだな」

素世も笑った。この職場にきてから初めての規則違反が、愉快でたまらない。

「ねえ、里恵、帰りに溝の口の駅で冷たい発泡酒でもいっぱいやらない。わたし、ものすごく安くて、けっこううまい焼き鳥屋しってるんだ」

里恵が制服のボタンをはずした。

「いいですねえ。いいかげん自炊にも飽きてきたところだし」

ブラックアウトしたディスプレイの列を抜けて、ふたりは更衣室にむかってじゃれるように歩きだした。壁の時計は六時をすこしまわっていた。郊外の秋の空は澄んだままもうすっかり暮れていることだろう。今夜はすこし酔ってみるのも、たのしいかもしれない。

ツルバラの門

みどりの森幼稚園は、その名のとおり豊かな木々にかこまれていた。だが、紅葉の季節もすぎているので、木々の半分は葉を落とした裸木で、残り半分はくすんだ葉色の常緑樹である。

(なぜ、毎年葉を落としてしまう木の葉はあれほどみずみずしくて、冬でも枯れない木の葉は暗い深緑なのだろう)

佐倉瑞穂《さくらみずほ》は五歳になるひとり息子・大地《だいち》の手を引いて、幼稚園にむかっていた。それは変化をやめない子どもの心がやわらかく新鮮で、疲れてしまった大人の心が硬く乾いてしまうのと同じなのかもしれない。

「あっ、あそこに、門があるね。門だね。門」

大地がいつものように早口でそういった。ゲートのほうをさすちいさな指先は、ひとときもとまってはいなかった。

「あれは、幼稚園の門だよね。門だ。門だ」

瑞穂はゆっくりとこたえた。いっしょにあわててしまうと、大地の言葉のスピードがどんどんあがってしまうのだ。かさかさと枯葉を踏む音が足元で鳴った。あまりひとつのことに注意をひきつけないほうがいいだろう。わざと足を強く落として、枯葉の音を立ててみる。

「ほら、大地、いい音だね」

大地はスキップのようにリズムをつけて、枯葉を踏んだ。

「ほんとだ、いい音。いい音」

瑞穂は子どもの手を引いて、かんぬきのかかった幼稚園の白いゲートを開いた。頭上には半円形のアーチがついている。白い金網のアーチにはツルバラが巻きついていた。花が咲いたら、さぞきれいなことだろう。けれども、間もなく本格的な冬を迎える今の季節では、ツルから伸びる鋭い棘《とげ》が目立つばかりだった。

「痛いっ」

大地がツルバラからあわてて手を引くところを瑞穂は見た。アーチのしたでしゃがみこみ、男の子の人さし指を確認した。指の腹には棘は残っていないようだった。押すとちいさな血の滴《しずく》がふくれあがる。

「これなら、だいじょうぶ」

そういって、瑞穂は男の子の指を口にふくんだ。すこしだけ塩辛い血の味がする。瑞穂は立ちあがると、幼稚園の建物にむかって歩きだした。緊張が高まってくる。しっかりとこの子を守らなければいけない。まえの幼稚園のように、ひとりだけつまはじきにされるわけにはいかなかった。

「いこう、大地。おかあさん、闘ってみるからね」

母と子が枯葉を踏む音は、先ほどまでとは異なって、威勢がよくなっている。瑞穂は肩からさげたバッグをしっかりとわきに抱き締めた。


「はい、こちらが来週からこのめ組に転入する佐倉大地くんのお母さま、瑞穂さんです」

ホワイトボードのまえには園長の椎名恵美《しいなえみ》とこのめ組の保育士、星野由梨絵《ほしのゆりえ》が立っていた。母親は会議テーブルをかこむように十数名ほど出席していた。瑞穂は自分の席で立ちあがって、頭をさげた。

「佐倉です。うちの大地をよろしくお願いします」

息子は今ごろ、年中さんの教室で遊んでいることだろう。初日から問題を起こさなければいいのだが。母親たちが軽く頭をさげた。五十代後半くらいだろうか、白髪の目立つ椎名園長がいった。

「で、つぎは今年のクリスマス会についてですが……」

挨拶《あいさつ》をひと言ですませるわけにはいかなかった。瑞穂は右手を軽くあげていった。

「あの、すみません。ちょっとお話があるんですが」

園長が老眼鏡を鼻からおろして、うわ目づかいに瑞穂を見た。

「なんでしょうか、えー佐倉さん」

ミーティング室は暖房がききすぎて、蒸し暑いくらいだった。瑞穂はトートバッグのなかから、プリントを抜きだした。パソコンとプリンターをつかい、前夜ほとんど寝ないでつくったものだ。ホチキスどめしたA４の紙を、このめ組の母親と幼稚園側に配っていく。

「これはなにかしら」

園長はメガネを元にもどして、題名を読んだ。

「佐倉大地はこんな子です」

瑞穂は必死だった。間髪をいれずにいう。

「ちょっとお時間をください。その冊子はうちの息子のプロフィールなんです。ご覧になっていただけますか」

表紙にはお気にいりの三輪車にのって駆けまわる大地がカラーで刷られていた。題名はそのうえに半円形にはいっている。ページをめくると自己紹介が始まった。

★佐倉大地　男の子　五歳
★身長　１０８センチ
★体重　18キロ
★好きなもの　お絵かき、ポケモン、三輪車
★好きなたべもの　お好み焼き、すき焼き、玉子焼き

二枚目にはおおきな文字で、ごくあたりまえの言葉がならんでいるだけだった。椎名園長がいった。

「これはとくに問題ないみたいだけど」

瑞穂は心のなかでしっかりとこぶしをにぎりしめた。

「つぎのページをめくってください」

勝負はここからだった。コピー用紙をめくる音が暖房のききすぎた室内に響いた。

★大地の障害　成華大学医学部・横森久志《よこもりひさし》先生により診断を得ています。
大地の場合、軽度発達障害のスペクトラムのなかでも、ＡＤＨＤ（注意欠陥多動性障害）にあてはまります。

ただし、大地には知的な遅延はありません。普通の子どもと同じように学ぶことができます。

★ADHDの症例　①不注意　忘れものが多い、課題に集中できない、ほかのことに気をとられる
②多動　じっとしていられない、そわそわする
③衝動的　順番が待てない、お友達の邪魔をする

幼稚園のミーティング室の沈黙が、一段と深くなった。二ページ目を微笑んで見ていた母親たちも、三ページ目は真剣に読んでいる。瑞穂は口を開いた。

「そのプロフィールにあるとおりで、うちの大地にはADHDという障害があります。これは先天的なもので、かりにトラブルが起きた場合でも、それはあの子に悪気があったとか、性格や家庭の教育の問題だと考えないでいただきたいんです」

以前の幼稚園では、いくら説明してもその部分を理解してもらえなかった。当人の努力やしつけで直る性格や生活慣行の問題ではないのだ。親が注意して直るようなものを、誰が障害と呼ぶだろうか。

「大地は落ち着きがなくて、そそっかしい子ですけれど、決して心の曲がった子ではないんです。このめ組の子どもたちにも、お母さまがたにもご迷惑をおかけすることがあるかもしれませんが、どうぞよろしくお願いします」

瑞穂は泣いてはいけないと思いながら、テーブルに額がつくほど深々と頭をさげた。

そのとき、会議テーブルの端から冷たい声があがった。

「ちょっといいですか」

男勝りの声だった。椎名園長が指名した。

「はい、大久保《おおくぼ》さん」

ボーダーの長袖《ながそで》Tシャツを着た大柄な母親だった。髪はショートで、金髪に近いくらいのカラーリングだ。

「プロフィールを読みましたけど、こういうことをする必要があるんですか。最初から弁解しているみたいじゃないですか。うちの子どもだけ、なにか問題を起こしても大目に見てください。そういう感じじゃありませんか」

長身の母親のまわりに座る数人が、熱心にうなずいていた。どのクラスにもひとり、強いリーダーシップで周囲を引っ張っていく母親がいる。このめ組のボスママは、この大久保という母親なのだろう。

「いいえ、そういうつもりではないんです。子どもたちの人間関係は一度こじれてしまうと、なかなか修復がむずかしくて……」

瑞穂は額に汗を浮かべていた。むずかしいのは子どもだけではなかった。大人のほうがずっと頑固で、自分の正義ばかり振りまわし、面倒なことが多かった。

「……あらかじめ、理解があったほうが、トラブルを未然に避けられると思ったんです。お気にさわったようならあやまりますが、うちの子の障害については、ご理解いただきたいんです。当人もそれで苦しんでいることがありますから。よろしくお願いします」

瑞穂は再度頭をさげた。そのとき、こつこつと扉をノックする音が響いた。若い保育士が顔をのぞかせた。

「星野先生いいでしょうか。大地くんがあばれていて」

ミーティング室の空気がさっと冷えこんだ。このめ組の保育士がいった。

「わかりました。すぐにむかいます」

瑞穂がいった。

「あの、わたしもいきましょうか」

「いいえ、まだ大切なお話の途中ですから。お母さまはこちらに残っていてください」

大久保のとなりに座った母親が手をあげた。

「ほんとうに大地くんはだいじょうぶなんですか。そわそわして、順番が待てないと紹介文にありますけど、乱暴なことをしたりはしないんでしょうか。うちの子は女の子なので、それが心配なんですけど」

瑞穂の気もちは半分、大地のいる教室に飛んでいた。いつもなにかしら問題を起こす子だけれど、今回は最悪のタイミングだった。だが、ここで引っこむわけにはいかなかった。大地を守れるのは、母親の自分だけだ。

「乱暴なことはしない子です。以前いた幼稚園でも、多少のけんかはありましたけど、お友達にけがをさせたことは一度もありません」

三人がかりでいじめられて、けがをしたのは大地のほうだったが、瑞穂は黙っていた。日本ではいまだにいじめがあると、いじめられた被害者を責めるおかしな風潮がある。

椎名園長がいった。

「佐倉大地くんを当幼稚園に迎えるのは、もう決定済みのことです。お母さまの必死の気もちもよくわかりました。今回の件は障害がある大地くんから、わたしたち大人がどれだけ学べるか、いいチャンスだと思います。このめ組のお母さまには、ときにご迷惑をかけることになるかもしれませんが、よろしくお願いします」

そこで母親の会はつぎの議題に移った。キリスト教系の幼稚園のクリスマス会は盛大である。その準備は三週間もまえに始まるのだった。会の終了後、十数人の母親はふたつのグループに分かれた。大久保美咲《みさき》を中心とする集団は、早々にミーティング室をでていく。廊下で誰かが室内にきこえるようにわざとおおきな声で話していた。

「自分の子どもの障害をあんなふうに騒ぎ立てるなんて、すごいお母さんもいたものね」

「ほんと、おかしな子じゃなければいいけど」

「最初はちょっと注意しとかないとね」

瑞穂は身体が震えるほどの怒りを感じたが、必死に胸のなかに押し殺した。残る母親たちは瑞穂をかこんでいる。白いセーターの母親がいった。

「わたし、岡田麻衣《おかだまい》。あの人たちのいうことなんて、気にしたらダメだよ。幼稚園のすることにすぐクレームをつけるんだから。とくに大久保さんには要注意。あそこのうちは母親も子どもも攻撃的なんだ。快人《かいと》くんていうんだけど、ひどく乱暴でいじめっ子なの」

別の母親がいった。

「ほんと、うちの幼稚園のお母さんが、みんなあんな調子だって思わないでね。わたしたちは佐倉さんのこと応援するから。あんなふうに大地くんの障害のことをオープンにできるなんて、佐倉さんすごく立派だったよ」

「そうそう」

どこにいっても理解ある人というのはいるものだった。瑞穂は先ほどの怒りが溶けだしていくのを感じていた。それがあたたかな涙になって、目の奥から浮きあがってくる。瑞穂は涙を隠して、周囲にいる母親に頭をさげた。


板張りの教室の隅にふたりの男の子が立たされていた。

星野先生に連れられた瑞穂を見ると、大地がバツの悪そうな顔をした。じっと立ってはいるのだが、右足の貧乏揺すりはとまらなかった。

「どうしたの、大地。今日は幼稚園最初の日だから、お友達と仲良くするようにいっておいたでしょう」

それはこの一週間ほどしつこいくらいに教えこんできたことだった。初日で転入生のイメージは決まってしまうのだ。五歳の息子の両肩に手をおいて、目をのぞきこむ。

なかなか大地とは視線があわなかった。いつものことで慣れているはずなのに、それが悲しくてしかたない。

「だって、快人くんが……」

大地は横をむいたままいった。

「なにかが起きたら、人のせいにしたらダメだっていつもいってるよね」

星野先生が割ってはいった。

「まあまあ、そんなに厳しくしないでください。今日は初日で緊張していたと思いますし。それより、大地くん快人くん、仲直りの握手をしよう。さあ、ふたりともこれで、仲良し」

保育士はふたりの男の子の両手をとって、無理やり握手させた。

「快人、またけんかなの」

おおきな声は大久保美咲である。大地より頭半分背の高い男の子が震えあがった。ちいさくその場でぴょんと跳びあがり、したをむいてしまう。星野先生がとめる間もなく、げんこつが快人の頭に落ちてきた。

「ほら、あやまりな」

「ごめんなさい」

快人は勢いよく頭をさげた。美咲は瑞穂と大地を無視して、子どもの手を引いて教室をでていってしまう。担任の星野先生への別れの挨拶《あいさつ》もなかった。瑞穂はあきれていたが、ていねいに頭をさげて、その場を離れた。

帰り道、園庭を歩きながら瑞穂がいった。

「どうして、よりによって大久保さんの子とけんかになったの」

大地は首に三重に手編みのマフラーを巻いている。白い息を吐きながらいった。

「だって、快人くんはぼくと同じだと思って」

あの子が大地と同じＡＤＨＤ？　瑞穂の心がざわついた。

「どうして、そう思ったの」

「だって、いつもいらいらして、動き続けて、うまくいかないことがあると、お友達に乱暴する」

瑞穂は大地のまえにしゃがみこんだ。

「でも、大地は乱暴しないよね」

「うん、しない。でも、快人くんも自分でもどうしようもなくて、そうしてるんじゃないかな。だから、かわいそうだなと思って、ぼくは近くにいった。そしたら、けんかになって」

そうだったのか。大地はまだ幼いから、自分と快人が同じだと直感的に思ってしまったのだろう。いわゆる腕白な子どもとADHDはよく混同されることがある。専門家でもむずかしい診断を、五歳の児童ができるわけもなかった。

「わかったよ、大地。でも、これからはあまり快人くんに近づくのはやめておこうね。この幼稚園でも問題を起こすのは嫌だから。わかった、大地」

貧乏揺すりをして、遠くツルバラの門に目をやったまま、大地は元気にうなずいた。

「わかった。快人くんには近づかない。でも、ママ、快人くんはぼくと同じだよ」

これも釘《くぎ》を刺しておいたほうがいいだろう。瑞穂は人さし指を立てて、ふっくらとやわらかな男の子の唇にあてた。

「いい、大地がいくらそう感じても、それは誰にもいったらいけないよ。ママと約束して。はい、指きり」

全力で手を振るスピードの指きりげんまんだった。ふたりは枯葉の音もリズミカルに、幼稚園からでていった。

つぎの日から、新しい園での生活が始まった。

大地はうまく子どもたちに溶けこんでいったようだ。瑞穂は迎えにいくたびに、星野先生から教室での様子をきいていたが、大地はほとんどの子どもと友達になったという。例外はひとりだけで、瑞穂の予想したとおり、その子は大久保快人だった。まったく問題がないわけではないけれど、すくなくとも以前の園のように母親がスクラムを組んで大地を問題児あつかいしないだけ、瑞穂の気は楽だった。

だが、落ち着いた日々は二週間と続かなかった。小雪の舞う曇り空の日だった。瑞穂がみどりの森幼稚園につくと、星野先生が小走りでやってきた。

「大地くんのお母さま。ちょっと、こちらへ」

連れていかれたのはこのめ組の教室ではなく、ちいさな医務室だった。消毒薬のにおいは瑞穂の子どものころと変わっていない。大地は白い診察台のうえに腰かけて、すごいスピードで足をぶらぶらさせていた。

「大地、どうしたの」

右目の横に湿布が貼ってあった。つい先ほどまで泣いていたのだろうか。目も赤くなっていた。男の子は黙ったままこたえなかった。代わりに星野先生がいった。

「いいにくいんですけど、また快人くんとなにかあったようで」

あの背のおおきながっしりとした男の子を思いだした。瑞穂は恐るおそるきいた。

「けんかですか。うちの子がしかけたんでしょうか」

「いいえ、違います。けんかをして、仲直りしたあとのことでした。快人くんが振りまわした木製の積み木の端が、目の縁にあたってしまったんです」

それなら、意図的におこなった可能性もある。

「大地は快人くんに、なにか仕返しをしましたか」

「いいえ。快人くんにはけがはありません」

それでは一方的にやられたことになる。瑞穂はあの冷たい母親の言葉を思いだし、だんだん腹が立ってきた。大地の手をとるといった。

「教室にいこう、大地。お母さん、ちょっと快人くんと話しておきたいことがある」

瑞穂は肌寒い廊下を、このめ組の教室にむかった。背中に星野先生の足音がついてくるが、気にしなかった。感情的にならずに、きちんと問題を話しあうこと。自分の心にそういいきかせたが、すでに気もちが波立ってしまっていることに気づいていなかった。

教室からは母親たちの笑い声がきこえた。美咲がなにか冗談をいったようだ。きっととりまきの母親が追従で笑ったのだろう。勢いよく引き戸を開くと、瑞穂は美咲を中心にした母親たちの集団にむかった。大地をまえに押しだす。

「大久保さん、快人くんと大地がけんかをしたそうです。いったん仲直りはしたけれど、そのあとで大地は快人くんにやられてしまった」

瑞穂はしゃがみこむと、大地の湿布をゆっくりとはがした。青いこぶが目の横にできている。美咲の周囲にいる母親たちが息をのんだ。いつの間にか、反美咲のグループの母親が瑞穂のうしろに固まっていた。美咲が自分の息子にいった。

「ほんとうに快人がやったの」

しわくちゃのジージャンを着た男の子は、目を伏せてしまった。黙って、うなずく。

瑞穂のうしろの母親から声があがった。

「快人くんにはうちの子も、けがをさせられたことがある。いつも落ち着きがなくて、暴れているのは、大地くんじゃなくて快人くんなんじゃないかな」

担任の保育士は、おろおろと事態を眺めているだけだった。自分では収められないと思ったのだろうか。教室を飛びだしていく。きっと園長を呼びにいったのだろう。

別の母親がいった。

「人のお弁当のおかずを勝手にたべたり、ほかの子が遊んでいるところに無理やり割りこんだり、トラブルを起こすのはいつも快人くんよね」

普段はめったに意見をいわない大人しい母親がいった。

「大久保さん、ちゃんと佐倉さんにあやまったほうがいいと思う。いつも男の子だからしかたないというけど、大地くんの目の傷はひどい。あと何センチかずれていたら、眼球に傷がついたかもしれないんだから」

いつの間にかあたたかな教室で、美咲が孤立していた。とりまきはすこしずつ距離をおいてしまっている。

「さあ、ちゃんとあやまりなさいよ」

「あやまってよ」

「うちの子にも、あやまりなさい」

母親たちが耐えかねるような事態が、これまでにも何件か鬱積《うっせき》していたようだ。しだいに美咲をつるしあげる展開になってしまった。だが、瑞穂の気もちは収まらなかった。ここはぜひ心からの謝罪を引きだしておきたい。そうすれば、これから大地の幼稚園生活がきっと楽になるだろう。そのためには、自分が悪役を買ってでるつもりだった。瑞穂は落ち着いた声で、しっかりと力をこめていった。

「わたしにではなく、大地にあやまってください」

美咲の顔は青ざめていた。快人は目に涙をためて、母親を見つめている。あともうすこしだ。きっとこの人は落ちる。瑞穂がそう思ったとき、ずっと貧乏揺すりをしていた男の子が叫び声をあげた。

「みんな、ダメだよ。快人くんをいじめたら、ダメ」

瑞穂はあわてていった。

「大地、どうしたの。黙ってなさい」

男の子はぶるぶるとものすごいスピードで首を左右に振った。

「もうたんこぶ痛くないし、ぼくは快人くんがわざとやったんじゃないことをしってる。いじめはいけないんだよ」

わざとやったんじゃない？　どういう意味だろうか。

「ねえ、大地。なぜ、快人くんがわざとじゃないとわかるの」

今度は縦に猛スピードで首を振った。

「うん、わかる、わかる、わかる。だって、積み木遊びをしてるところにいったのは、ぼくだから。快人くんは乱暴がしたくて、乱暴してるんじゃないの。どうしても、そうなってしまうの。だって、ぼくと同じだから」

教室の空気が、最後のひと言でがらりと変わった。ＡＤＨＤの自分と快人が同じだという。

「それはいったらダメっていったよね」

大地は全身で貧乏揺すりを始めた。

「でも、ぼくにはわかる。横森先生のところで、何人も同じショーガイの子を見たから、なんとなくわかるんだ。快人くんはぼくと同じだ」

大地は泣きそうになっている男の子のところにむかった。そっと肩に手をおいて、やさしくいった。視線はあちこちに飛びまわったままである。

「快人くん、自分がみんなと違うとたいへんでしょう。ぼくもずっと不思議だった。なんで、みんながぼくのことヘンだっていうのかな。どうして、みんなと同じように遊んだり、勉強したりできないのかな。ずっとずっと怖かったよ」

背の高い男の子がこらえ切れないように泣き声をあげた。大久保美咲がひざまずいて、快人を抱き締めた。涙声でいう。

「ごめんね、快人。ママもずっと、おまえのことが心配だった。言葉も遅いし、いくら注意しても忘れものするし、乱暴もとまらないし。ずっと不安で、心配でたまらなかった。ごめんね、ママが逃げてばかりで」

美咲は立ちあがると、瑞穂に頭をさげた。

「ごめんなさい」

教室にほっとした空気が流れた。快人は母親の脚に抱きついている。美咲は手を男の子の髪にのせた。静かになでている。

「わたしもまえからADHDのことは気になっていたんだ。でも、どうしても正面からむきあうことができなくて。うちの子に障害があると考えられなくて。あのプロフィールにはびっくりしたよ。佐倉さんのことすごく強い人だと思った。でも、ひどく反発しちゃったんだけどね」

大地がぴょんぴょんと飛び跳ねていた。

「ほら、だからいったでしょう。快人くんとぼくは仲間だって。同じ組で同じショーガイの友達なんだよ。やったー」

瑞穂は動きをとめない息子に目をやった。誇らしい気もちが湧きあがると同時に、目が曇って大地が見えなくなった。みんなのまえで泣くのが嫌で、あわてて指先で涙をぬぐった。美咲がいった。

「成華大学の横森先生っていう人、今度紹介してもらえないかな、佐倉さん」

「うん、いいよ、大久保さん」

涙があふれてとまらなくなった。大地がトランポリンでもするように跳ねながらいった。

「ママ、どうして新しいお友達ができたのに泣いてるの。ここはわらうところでしょう。ほら、笑って。ママも、快人くんも、快人くんのママも、みんなも笑って」

周囲では母親たちがもらい泣きしていた。大地の声で、みな泣きながら、おたがいの顔を指さし、笑い始めた。その笑い声はしだいにおおきくなり、十二月の年中さんの教室をあたたかな息で満たしていった。

仕事始め

目を開けると天井の白いクロスが見えた。

一月七日、月曜日の朝だ。寝室のなかでも空気は冷蔵庫のなかのようにしんと静かだった。ひとり暮らしのワンルームマンションである。中山秀則《なかやまひでのり》はベッドのなかで、胎児のように身体を丸めた。目が覚めたとたんに、胃がぎゅっと縮みあがって痛んだからである。

(嫌だ、会社にいきたくない)

正月休みのあいだには、胃の痛みや全身の倦怠感《けんたい》はなかった。年明けの仕事始めと同時に症状がぶり返していたのである。心療内科の医師は自律神経失調症といっていたが、自分には病気の自覚などなかった。

(なぜ、こんなことになったのだろう)

秀則は胃を両手で押さえて、羽根布団のあたたかな暗闇のなか、すべてが始まった二カ月まえのことを思いだしていた。

秀則は中堅の私立大学を卒業して、なんとか大手の印刷会社に潜りこんだ。大学時代はあまり熱心に勉強をしたほうではなく、就職に有利なコネももっていなかった。

五年まえといえば、まだ就職は超がつくほどの氷河期である。あっさりと内定がでたときには、秀則自身が驚いたほどだった。

　秀則は営業部門に配置されたが、花形といわれる第一営業部ではなかった。第一営業部は扱い額のおおきな大企業や出版社ばかりを担当する部門である。対して秀則の第二営業部は中小の企業を無数にクライアントにもつ、別名「どぶさらいの二営」だった。

　クライアントとの打ちあわせや接待が、毎日のようにスケジュール帳を埋めていく。一日に五件、六件という打ちあわせに、接待のはしごもめずらしくなかった。秀則はデフレ不況下に社会人になったので、正社員のありがたみが骨身に染みてわかっていた。自分よりも成績優秀だった大学の友人が、非正規の日雇い派遣でワンコールワーカーとして働いているのだ。話によると労災も、健康保険もないつかい捨ての仕事だという。

　秀則はとりたてて優秀というわけではなかったので、すべての仕事に同じ熱心さとていねいさでぶつかった。ほんの数万円ほどの利益にしかならないちいさな会社の社名いりの封筒や便箋《びんせん》などにも懸命にあたった。トラブルが起きると、クライアントと工場の両方に手土産をもって頭をさげにいく。印刷会社の営業というのは、無理な注文と工場の日程の板ばさみで頭をさげるのが仕事だと、先輩にもいわれていたのである。

最初の四年間は、しんどいながらも無事に勤めあげていた。異変が起きたのは、去年の秋の終わりである。理由は自分でもわからなかった。仕事にも慣れて、すべてがスムーズに運んでいると秀則は考えていた。少々だが貯金もできたし、ガールフレンドの瀬崎《せざき》真理恵《まりえ》とは、順調にもう一年半ほど続いていた。このままいけば結婚するのだろうと、秀則はぼんやり未来を描いていた。

あれは文化の日の祝日のことだった。チャイムが鳴ったのは、十一時近くのことである。都心に近いマンションに住む秀則のところに、デートのときはいつも真理恵が最初にやってくることになっていた。

玄関を開けてやると、新しい冬のコートを着た真理恵があきれていった。

「ヒデくん、まだパジャマのままなの」

真理恵のコートの襟にはふわふわとやわらかそうな白いラビットのファーがついている。

「ああ、ごめん。なんだか最近、休みの日になると身体がダルくて」

「だいじょうぶなの。今日の夜はコンサートでしょ」

心配そうなのは口ぶりだけで、狭い玄関で秀則を押しのけるように部屋にはいってきた。コンサートは秀則のよくしらないイギリスの女性シンガーで、真理恵のつきあいでチケットをとったものだ。

「わかってる。でも、なんだかほんとにダルいんだ」

秀則はまたベッドに座りこんでしまった。立っているだけでしんどかったのである。

「熱はないの」

真理恵の手が額に伸びてきた。指先をほのかにあたたかく感じる。真理恵が驚きの声をあげた。

「熱があるどころか、ぜんぜんないじゃない。わたし、冷え性で指は冷たいんだよ」

これほどダルいのに、熱がない？　どういう意味なのだろうと秀則はぼんやり思った。真理恵は食器棚に押しこんである救急箱を探っている。保険組合から無料で送られてきたものだ。電子体温計を探しだすと、秀則のパジャマのわきに挿した。

「おかしいな、ヒデくん、身体も冷たいよ。冷え性だったっけ、最近は男の人でもよくいるらしいんだけど」

子どものころから布団から足をださなければ、火照って眠れないほどだった。自分が冷え性だと感じたことは一度もない。

をしかめる。

「いや、心あたりはないけど」

三十秒は一瞬だった。電子音が鳴って、真理恵が体温計を抜いた。数字を見て、顔

「あれ、壊れてるのかな」

秀則は多くの男と同じで、自分の病気には弱かった。急に不安になる。

「どうしたの、何度あったんだ」

真理恵が電子体温計をリセットしながらいった。

「三十三度六分。これって夏の気温ならわかるけど、人間の体温じゃないよね」

ひどい低体温だった。もう一度熱を測ってみたが、やはり体温は三十三度台しかない。自分の体調の悪さにあらためて気づくと、秀則はベッドから起きあがれなくなった。結局その日は夕方までベッドでごろごろして、なんとか重い身体をコンサート会場まで運んだのである。真理恵とのデートではいつも身体を重ねるのだが、その日はセックスもなかった。体温とともに、欲望まで冷えこんでしまったような印象である。別れたのは、地下鉄のホームだった。銀色の電車が轟音《ごうおん》とともにすべりこんでくると、真理恵が手を振っていった。

「コンサートよかったね。ヒデくんといっしょにきけて、うれしかった。身体のほう、

お大事に。なんだったら、明日休んじゃえば」

会社を休む？　なにをいっているのだろうと、秀則は思った。会社を休むなんて、とんでもない。疲れた身体で、なんとか笑顔をつくった。

「いや、だいじょうぶ。週末には元気になってるから、そうしたら今日の分までがんばるから」

真理恵がかすかに頬を赤くした。交際して一年半がすぎて、おたがいの身体はしっとりとなじみ始めている。

「期待してる。じゃあね」

「うん、日曜日に」

秀則は笑って手を振った。閉じたドアのガラス窓には青い顔をした幽霊のような男が映っていた。電車が郊外にむけて走りだすと、秀則は立っていられなくなった。手近にあったホームのベンチに崩れるように腰をおろし、ふたたび立ちあがるまで三十分ほど、目を閉じて浅い呼吸を繰り返していた。

真理恵との約束を守ることはできなかった。十一月は週末がくるたびに、体調がひどく悪くなったのである。平日はなんとか気力を奮い起こして仕事をこなせても、休みの日はダメだった。朝起きてベッドからでる力がもう湧いてこないのだ。

せっかくの週末を真理恵に狭いワンルームのベッドの横ですごさせてしまう。すまないと思うけれど、秀則の身体は自分のものとは思えないほど重かった。真理恵は近くのスーパーで食材を買いこんできて、栄養がつくという手料理をふるまってくれた。身体があたたまる鍋《なべ》やときに分厚いヒレ肉のステーキである。だが秀則からは、その他のすべての欲望と同じように食欲も消えてしまっていた。なにをたべても、おいしいという感覚がないのだ。

そうして三週間ほどたったところで、真理恵から提案された。

「ねえ、なんだか普通の疲れじゃないみたい。ヒデくん、医者にいってみたら」

真理恵はミニキッチンで、ほとんど手をつけなかった豆腐と豚バラのチゲ鍋を処分していた。秀則は定位置のベッドのうえだ。

「うーん、でも、そうすると半休とらないといけないし」

厳しい顔をあげて、真理恵が秀則をにらんだ。

「また会社の話なの。健康あっての仕事でしょう。ヒデくん、自分の顔を鏡で見てごらんよ。コピー用紙みたいに真っ白だから」

そのことなら、自分でもわかっていた。同じ白でも血の色を透かした北国の少女のようなあたたかみのある白ではなかった。漂白剤でものんだような青みがかった冷たい白だ。

「わかってるんだけど」

言葉が続かなかった。医者にいくのも、半休の話をするのも面倒だった。あまりに悪い体調で、診断を受けるのが怖くもある。タオルで手をふいて、真理恵がやってきた。ベッドの横でひざをついて、秀則の顔を見あげてくる。目は必死だった。

「わたしはヒデくんのこと、ほんとに心配してるの。なにか悪い病気かもしれないって、眠れない夜もあったんだ。会社がいそがしくて、ほんとにタイヘンなのはわかるけど、半日だけでしょう。きちんと医者にいって、身体を診てもらって」

秀則は気おされていたが、なんとか冗談を口にした。

「もしたいへんな難病だったら、真理恵はどうする？」

穏やかな目が険しくなった。

「ふざけるのはやめて。そうなったら、わたしがどうするかわかっているでしょう。ヒデくんの最期まで、わたしはいっしょだよ」

ドラマのなかならあたりまえの台詞《せりふ》だった。だが、一日中身のまわりの世話を受けたあとでは、とても冷静にきいてはいられない。ここ三回ほどの週末はほとんどこの部屋のなかですごしているのだ。秀則は心を動かされていった。

「わかった。明日の午前中に医者にいくよ」

「ありがとう、ヒデくん」

真理恵が涙ぐんで抱きついてきたが、熱い身体を抱いても秀則のなかには欲望は生まれなかった。いったい自分の身体はどうなってしまったのだろうか。まだ二十代なのだ。それが長く過酷な仕事を終えた老人のように疲れ切ってしまっている。秀則は不安でたまらなかった。いったい自分はどうなってしまうのだろう。

病院は通勤の途中にある大学付属だった。ホテルのロビーのような待合室のある立派な施設である。秀則は疲労によるただの体調不良だと思っていたので、内科の診察を受けることにした。

一時間半ほどの待ち時間は、のんびりとベンチで文庫本の小説を読んですごした。学生時代は読書好きだったのに、会社にはいってからはほとんど本を読んでいなかった。今手にしている本をふくめても、この五年間で一桁《けた》台しか読んでいないのではないだろうか。日本の会社というのは、働く人間にすべてを要求するのだと、胸の底でしみじみ考えてしまった。だが辞めればこの格差社会のなか、より給料の安い仕事しか見つからないだろう。自分は逃れられない罠《わな》のなかにいる。

終盤のクライマックスが始まるところで、秀則の名前が呼ばれた。診察室にはいると白衣を着た中年の医師がじっと秀則の様子を観察していた。

「どうされました」

「毎日ひどくだるくて、朝起きられないんです。仕事にはなんとかいけるんですが、休みの日は一日中寝ています。ああ、あと体温が三十三度くらいしかありません」

さらさらとカルテになにか書きながら、医者はいった。

「夜は眠れますか」

「眠れたり眠れなかったりします」

はあ、そうですかと内科の医師はうなずいた。

「じゃあ、とりあえず体温と血圧を測ってみましょう」

体温はまたも三十三度六分だった。血圧はうえのほうでも100を切っている。医師はまたカルテになにごとか書きつけると、困ったようにいった。

「このまま精密検査を続けてもいいんですけどねえ。まれに血液の病気とか、心臓病のこともありますから」

なにか医師には目星がついているようだった。秀則も返事に困った。

「はあ、これはなんなんでしょうか」

「お仕事はいそがしいですか」

印刷会社の営業について考えた。あれは普通よりもいそがしい仕事なのだろうか。

「はい、日本の企業はほんとによく社員を働かせますから」

「残業はどうですか」

月に百時間を超えることもめずらしくなかった。秀則は控えめにいった。

「かなり多いです」

「そうですか、ならばうちのほうでなく、このあと心療内科のほうへいってみませんか。最近、不定愁訴《しゅうそ》で駆けこんでくる会社員のかたが多いんですが、だいたいはそちらの問題なんです」

心療内科？　秀則には思いあたる節はなかった。

「そちらといいますと」

「精神的なストレスが身体に変調をきたす。睡眠障害や低血圧や低体温の場合、自律神経が悲鳴をあげていることが多いんです」

秀則はビニールの丸椅子に座ったまま、肩を落とした。これで出社はさらに二時間は遅れることになるだろう。医師はうなずいていった。

「こちらのカルテを心療内科のほうにまわしておきます。順番が早くまわるようにいっておきますので。あまりお仕事では無理をなさらないように」

全身の力が抜けていくようだった。軽く立ちくらみを起こしながら、秀則は椅子から離れた。

「お手数をおかけしました。どうもありがとうございます」


ふたたび待合室で一時間半をすごし、文庫本をすっかり読み終えてしまった。そのあいだに病院の食堂で、天ぷらそばを半分だけ口にしている。油があまりよくないせいか、好きな小エビのかき揚げもおいしいとは感じられなかった。味覚にまで障害がでているのだろうか。

その日二度目の診察室で、秀則は「自律神経失調症」の診断を得た。日常生活のストレスを自分で過度に抑えこんで、それが身体にさまざまな症状をもたらす心身症型だという。

「自律神経失調症の患者さんの半分くらいを占める、めずらしくはない型です」

暗い面もちのひげの医師がそういった。

「お薬は自律神経調整剤と抗不安剤をだしておきましょう。でも、なにより大事なのは、無理して仕事のストレスを抑えこまないことです」

会社の仕事に自分はそれほどのストレスを感じていたのだろうか。医師は思いもかけないことをいう。

「ストレスってなんだかわかりますか」

精神医学の用語に知識などない。秀則は素直にいった。

「わかりませんけど」

あごひげの先をつまむようにして、医師はいった。

「もともとは生命の危険があるのに、その場から逃げられない動物が感じる苦痛のことだったんです」

秀則は鎖につながれた犬を思った。そこにライオンのような猛獣がやってくる。このままではかみ殺されるのに、絶対に逃げることはできないのだ。恐怖と苦痛はさぞかしおおきなことだろう。医師はそっとちいさな生きものでも手放すようにいった。

「ですからね、中山さん、ときには逃げてもいいんじゃないでしょうかね」

秀則はびっくりした。自分の心を読まれたのだろうか。

「ライオンからですか」

医師は意味がわからないという顔をした。

「いや、ライオンじゃなくて、仕事から。この病気は完璧《かんぺき》主義で、きまじめな人がかかりやすいんです。自分ががんばらなければ、仕事がすすまない。そんなふうに思いこんで、まじめに自分を追いつめる。そういうストレスが、自律神経の異常としてあらわれるんです」

「……はい」

自分は決して、猛烈にがんばるというタイプではないと秀則は思っていた。それなのに身体に異常がでるほど無理をしていたのだろうか。周囲の多くの営業部員も同じ厳しい条件で働いている。

秀則は自分がどう病院をでたか、近くの調剤薬局でどう薬を受けとったか、どんなふうに地下鉄にのって会社に着いたのか、まったく覚えていなかった。

十二月にはいって、最初の週をなんとか終えたところで、秀則のエネルギーは尽きてしまった。医師から処方された薬には一定の力はあったようだ。週末の寝たきりからはなんとか回復したのである。けれども医師から指摘されてしまったせいか、仕事のストレスを直接感じるようになった。それまでならなんでもなかった得意先の接待や深夜をすぎる残業が、急に厳しくなったのである。

そんなときにはめまいや吐き気、全身の倦怠感《けんたい》がとまらなくなる。身体の奥に穴が開いて、自分がその底しれぬ穴のなかに吸いこまれていくようだった。ひどい場合、自分のデスクで椅子に座っていられないほどだ。応接コーナーのソファで横になって休みをとらなければ、仕事を続けることもできなかった。

秀則が直属の上司に休みをもらいたいといったのは、年末進行の山を越えた十二月十日のことだった。部下の体調不良については理解していたチームリーダーはすんなりと一週間の有給休暇の消化を認めてくれた。

最初の月曜日、秀則はひとりで銀座を散歩し、ロードショーを観てすごした。帰りに本屋に寄り、休みのあいだに読む本をたくさん買いこむ。ラーメンと餃子《ギョーザ》とビールの小瓶で夕食をすませて自分の部屋にもどったときには、手足の冷えも立ちくらみもなく、すっかり自律神経の調子ももどったようだった。

本を読み、近所のファミリーレストランにいき、夜はレンタルDVDを観てすごす。三日目までは天国のようだった。いそがしい師走《しわす》に自分ひとりこれほど優雅にすごせるのだ。しかも有給なのだから、給料も保証されている。

だが、秀則の気もちは日曜日になって急転した。これまでにないほどの疲労感で、横になったまま身動きがとれなくなったのである。食欲はないので、そのまま倒れて一日をすごした。トイレにいくのと、冷蔵庫からミネラルウォーターを抜いてのむ。そのふたつの動き以外なにもできなかった。見舞いにきた真理恵には、布団をかぶったまま帰ってくれといったのである。

翌日の会社復帰を控えて、秀則の体調はどん底の様相となった。

そのまま秀則の休暇は、長期休養に切り替えられた。自律神経失調症の診断書をあの医師からもらい、十二月いっぱい休むことになったのである。秀則の症状は一進一退だった。同期の友人たちから取り残されていくような気がして、有給のときとは違って休んでいても心が休まらなかった。もう会社員として、自分はダメなのではないかと思ったことは数しれない。

正月は静岡市にある実家に帰り、会社の話はせずにすごした。東京にもどったのは、五日の土曜日のことである。日曜日は久しぶりに真理恵とデートをたのしみ、夜を迎えた。身体の関係はなく、ただベッドで服を着たまま抱きあっただけである。その夜はいつもより多くの睡眠導入剤をのんで眠った。

白いクロスの天井はなんの変わりもなかった。秀則は思った。

（今日、仕事始めにいけなければ、自分は会社にはもうもどれないだろう）

別に悲愴《ひそう》な気もちでそう思ったわけではなかった。ただ自然にそう考えただけである。ということは、きっと事実なのだろう。今日が無理なら、もう明日はないのだ。せっかくはいった会社を自分は辞めることになる。

それは恐ろしい瞬間だった。鎖でつながれた犬が肉食獣の牙《きば》を待つのは、こんな気分なのかもしれない。だが、このまま動かずにすべてを投げだすわけにはいかなかった。

（考えるな、恐れるな、とまるな）

秀則はなにも考えずに動きだした。顔を洗い、歯を磨き、クリーニングからもどったシャツを着る。スーツに袖《そで》をとおし、前日磨いた靴をはいた。朝食は食欲がないので、コーヒーをのんだだけである。

いつもの通勤路を地下鉄の駅にむかって、白い息を吐きながら歩いた。自分と同じような会社員がたくさん駅にむかっていく。会社員という生きかたの重さ、切なさを思って、秀則は目に涙がにじみそうになった。どの人生にも、自分と同じようにつらいことがあるに違いない。

地下のホームにおりる階段で、秀則は一度休みをいれた。ステンレスの手すりにつかまり、踊り場で立ちどまった。そのとき頭のなかで、稲妻のようにある思いがひらめいた。

(自分はこれまで、周囲の空気にあわせて、ずっと無理を重ねてきた)

たくさんの会社員が秀則を追い越していった。秀則は立ちくらみに耐えて、自分の足元を見つめているだけだ。

(これからは自分を大切にしよう。完全な仕事を自分に期待するのはやめよう。怖くなったら、誰かにSOSをだそう)

秀則の声は最初はかすかだった。

「だいじょうぶだ……だいじょうぶだ」

心臓の鼓動とともに自分を励ます声がおおきくなっていく。

「きっと、ぼくはだいじょうぶだ」

踊り場から顔をあげると、冬の朝の太陽が階段のうえに見えた。あとからあとから、会社員が階段をおりてくる。秀則には、みんなが戦場にむかう兵士に見えた。

(ぼくもあの勇敢な人たちの仲間になろう)

秀則はひと月近く休んでいた会社にむかうために、階段を一段ずつおり始めた。足は震えていたが、会社に到着するまで、秀則はもう休むことはなかった。

四月の送別会

ほとんどのフレッシュマンと同じように、成瀬《なるせ》哲也《てつや》も胸をはずませ社会人になった。新しいネイビーのスーツに、新しいカバンに、新しい靴。髪は短く切っていたし、やる気だけは誰にも負けないつもりだった。けれども最初の二週間で、胸の奥の希望はすっかり枯れてしまった。

四月一日にはどの新聞・雑誌でも、フレッシュマンの心得が語られている。職場の空気を肌で感じろ。毎朝、一日の予定表をつくれ。仕事の流れを大局観をもってつかめ。わからないことは、どんどん質問しろ。そして、たいてい最後はこんなふうに締めくくられる。フレッシュマンは会社に利益をもたらす存在ではまだないから、最低五年はその職場にステイして恩返しをしたほうがいい。また仕事のスキルを身につけるには、どんな業界でもその程度の時間はかかるものだ。

どのアドバイスももっともだった。哲也も自分がなにもできないことは、よくわかっていた。気にいった作家の四月一日のエッセイなどは、切り抜いてファイルしたほどである。だが、会社というところは、外側から見るのと、内側から見るのでは大違いだった。

哲也が正社員として採用されたのは、ちいさな広告代理店である。広告の世界はトップ二社による寡占体制で、哲也のコモンズ企画は二十位台の後半が定位置だった。一流クライアントのキャンペーンではなく、その他大勢の細かな広告がメインである。

多くの広告志望者と同じように、哲也はクリエイティブ志望だった。最初のボタンのかけ違いは、なんといっても営業部に配属されたことだろう。適性試験などまったくなかった。ビル工事の現場監督のような社長が、面接の印象で割り振るのである。哲也は挨拶《あいさつ》の声がおおきいという即物的な理由で、営業部にまわされたのだった。

仕事は新聞や雑誌の広告スペースを埋めることである。プロ野球の結果と芸能ニュースと風俗ページが売りのスポーツ新聞と極道ネタとでっちあげのお色気記事が柱の大衆週刊誌である。地道に得意先をまわるドブ板営業が、フレッシュマンを待っていた。

「おう、成瀬、ちょっとこの喫茶店で休んでいこう」

会社のある新橋駅まえから、すこし離れたところにある喫茶店だった。間違ってもカフェとは呼べないような古い店である。やけにやわらかなソファは深紅のベロアで、フロアの隅におかれているのは、哲也が生まれるまえに発売された箪笥《たんす》のようなおおきさのスピーカーだった。流れているのはチャイコフスキーのヴァイオリン協奏曲である。

目のまえで足を直角に開いて、ソファにふんぞり返るのは前田主任だった。またいつものさぼりが始まった。主任はもう仕事にはやる気がないようだった。

「おまえも早いうちに身の振りかたを考えておいたほうがいいぞ」

しわにならないのだけがとり柄のポリエステル混のスーツを着た三十代前半だった。まだ独身だという。前田は黒い合成皮革のカバンから、ごそごそと参考書をとりだした。

「自分の生活は自分で守らなくちゃな」

不動産鑑定士の資格をとるために、哲也の指導社員は勉強中なのである。簡単な研修を三日ほどですませてから、哲也は前田といっしょに営業を続けている。一日の外まわりのうちで実際に得意先に顔をだすのは、就業時間の三分の一くらいだろうか。あとはこうして喫茶店で時間を潰《つぶ》すか、個室ビデオや公園などあまり金のかからない場所でぼんやりしていた。

決まった得意先をつなぐのが営業の役目で、それにはこの程度の働きかたで十分なのだった。うえから新規開拓を求められることもない。給料は安くても、ぶらさがっているには快適このうえない仕事内容である。

哲也も喫茶店においてある雑誌やマンガを読み始めた。この店は椅子が安楽なだけでなく、その点でも外まわりの営業マンには好評だった。それは午前十時をすぎると、周囲のソファ席が営業マンでほぼ埋まってしまうことでも明らかだった。

これで給料をもらえるのなら、このままでもいいのかもしれない。会社というのは不思議なところで、仕事をしない社員にも別に文句をいわなかった。だが、哲也が思い描いていた広告の仕事とは、天と地ほどの差がある。営業部で何年かぶらさがって、ほんとうにエッセイにあったように仕事のスキルが身につくのだろうか。十年後の自分は目のまえにいる先輩のように別な仕事の資格を得ようと、必死に勉強しているのではないか。哲也には自分のおかれている状況をうまく判断できなかった。

前田が音を立ててぬるくなったコーヒーをすすった。

「まったく内山部長のごますりときたら反吐《へど》がでるよな」

この先輩が上司の悪口をいうのはめずらしかった。職場の雰囲気は距離をおいた冷淡さで、おたがいにほとんど無関心のようだった。悪口をいうのさえ胸が悪い。そんな冷えた憎しみを哲也は感じていた。

内山部長はポストのすくない中小企業らしくもう五、六年居座っているらしい。前田があざけるようにいった。

「やっぱりダメ会社で出世するには、てのひら返しができるようにならなくちゃな」

なにかこたえたほうがいいのだろう。あいまいにいっておく。

「はあ、そうですかね」

「あの営業会議、おまえも見ただろ」

確かに見た。部長は部員全員にオーソライズされた方針を、社長のひと言で完全にひっくり返したのだ。哲也はテレビドラマでしか、そんな場面を見たことがなかった。脚本家がおもしろおかしくしようと、そんなふうに書いたのだとばかり思っていた。人間があんなふうに変わるところを目撃するのは驚き以外のなにものでもない。前田はうんざりした顔でいった。

「あれはなあ、なにも社長にごまをすりたくて、てのひら返しをしたんじゃないんだ。心の底から自分のほうが間違っていて、うえのいうことはただしいと信じこんでる。だから、あんなふうに自分の考えをきれいになくせるんだな。うちみたいな会社じゃ、ああするしか出世の方法はないんだよな」

重役にはオーナー社長のとりまきが顔をそろえていた。現場の社員とは違って、上層部の結束は固いという。

「入社早々気の毒だが、おまえもいつでも脱出できるようにつぎの手を考えておいたほうがいいぞ。うちの会社は基本的に給料あがらないからな」

「はあ」

　この先輩が営業部のなかでも札つき社員だというなら、まだましだった。けれどもほとんどの部員は前田と同じようにやる気がなかった。なにも前田は新人の意欲をさげようとそんな話ばかりしていたのではないのだ。同世代の営業マンと普段話していることを、そのまま哲也に伝えているにすぎなかった。

　それでいながら、この指導社員は上司のまえではびくびくして保身に走る。ダメな会社に籍をおくダメな会社員のサンプルを見せつけられたようで、哲也はひどく落ちこんでしまった。

　誰もが希望に満ちて迎える陽光の春に、哲也は胸の底を冷えびえと凍らせていた。

「成瀬、そっちのほうはどうだ」

　同期の谷原功治《たにはらこうじ》がバーカウンターに頬づえをついて、そういった。新橋ではなく、青山にあるバーだった。社会人になると不思議なもので、自分の会社のある場所の近くでばかりのむようになる。同期の人間以外では、わざわざ新橋から青山まで足を延ばそうという者などいなかった。

「どうもこうもないよ、前田さんは不動産鑑定にしか興味がないしさ。口からでるのは会社の悪口ばかりだ。毎日いっしょに仕事をしていてうんざりする」

功治も暗い顔でうなずいた。

「まあな、うちの会社のことだからな。しょうがないけど、がっかりだ」

ひと月足らずで学生だった自分たちが、自分自身をほぼ会社と重ねて見ている。それが大人になるということなのかと哲也は思った。人には立場があって、台詞《せりふ》というのはその立場にくっついているものなのだろう。

「だけど、谷原はまだいいよな。組んでるのが、永井さんだから」

永井は営業部では仕事のできる男として有名だった。クライアントに評判がよく、営業成績がいいだけではない。ときには部下を守って上司と闘うし、社長に直言したりする。骨のあるところを買われて、逆に社長からの覚えもいいようだった。

「まったくな、その点では成瀬よりはついていたかな。内山さんの代わりに永井さんが部長になればいいんだよ。そっちのほうが営業部はよっぽどすっきりする」

いっぱしに会社の人事に文句をいっているのが、なんだかおかしかった。哲也はジントニックのお代わりをした。会社の人間とのみにいくといつも焼酎《しょうちゅう》なので、カクテルなど久しぶりだ。

「だけど、真剣に悩んじゃうな」

「なにがだよ」

哲也はジントニックのグラスに人さし指をいれて、からからと氷をまわした。熱をもった指先に冷たさが心地いい。

「くやしいんだけど、前田さんのいうとおりかなって、ときどき思うんだ。ぼくにも、うちの会社にもほんとに未来があるのかなって」

谷原がスツールで身体をひねって、こちらをのぞきこんできた。あらためて見ると、広告代理店には似あわない実直そうな男である。いきなり口調が真剣になった。

「それはもう会社を辞めようかってことなのか」

哲也は口を濁した。夜ベッドのなかにいると、眠れずにそんなことを考えることがあった。だが、思っているのと誰かに話すのは別だった。会社では、たとえ同期相手でさえ、なんでも口にだせるわけではないのだ。そんなところも学生とは違う社会人のきゅうくつさなのかもしれない。

「いや、そこまでは考えてないけど」

肩にいきなり重みを感じた。谷原が哲也の左肩に手をのせてきた。

「やめとけよ、急に辞めるなんて。まだひと月ばかりしか、働いてないだろ。給料だって来週じゃないか」

哲也は浮かない顔で返事をした。

「そうだな。来週、初任給だな」

これほど毎日暗い気分で過ごす代価の十数万円だった。それは果たして高いのだろうか、安いのだろうか。初任給をもらうことさえ、なんだか憎らしくなってくる。

「こっちだって、うちの会社にはがっかりしてるさ。でも、まだ広告の世界のことはぜんぜんわかってないし、仕事も始まったばかりだろ」

返事の必要ない言葉だった。問題なのは、痛いほど相手のいうことがただしいとわかっているのに、苦しくてしかたないことなのだ。

「仮に会社を辞めたとしても、つぎに正社員でどこかに潜りこむの、たいへんだもんな」

谷原は親戚《しんせき》の人間のようにうなずいてみせた。

「そうだ。転職はだいたいよりちいさな会社、より安い年収へのダウンスパイラルになることが多い。確率的には、今いる会社より条件がさらに悪くなるかもしれない」

哲也は頭を抱えたくなった。ここよりさらにひどい会社では、もう働くことなどできないだろう。思いついていってみる。

「だけど、まだ第二新卒みたいなものだろ。二十代なら、なんとかやり直せる。前田さんみたいに三十代まで、この会社にしがみついてたら、それこそ資格でもとらなくちゃ辞められなくなるんだぞ」

ぶつぶつと会社の悪口をいって、あと十年をすごす。そのとき自分はどんな人間になっているのだろうか。想像力豊かな哲也には、恐ろしいテーマだった。谷原もカクテルを注文し直した。

「思うんだけど就職って、結婚に似てないか。転職のカードって、せいぜい二回くらいしか切れないんだよ」

いきなりおもしろいことをいう同期だった。哲也には今、恋人はいない。結婚するときにも、就職で会社を選ぶときと同じくらい悩むのだろうか。そう考えると、なんだか結婚が面倒になってきた。

「どういう意味なんだ」

谷原は肩をすくめていった。

「だからさ、一回結婚に失敗して、ダメだったら離婚するよな。でも、再婚、再々婚くらいまではいいけど、その先はいくらなんでもチャンスはないだろうっていう話だよ」

「で、三回続けて結婚に失敗したら、どうなるんだ」

谷原はカウンターのうえで腕を組んだ。

「いや、いいにくいけど、結婚だって人間のやることじゃないか。だから、人によってむき不むきがあるんだよ、きっと。むいてないなら、結婚しなければいいんじゃないかな」

転職のチャンスは二度までか。確かに谷原のいうことにも一理あるようだった。けれども哲也はいっていた。

「やっぱり転職と結婚は違うだろ。結婚はしなくても生きていけるけど、ぼくたちはみんな働かなくちゃ生きていけないからな」

「そいつは確かにそうだ」

同期が深々とため息をついた。哲也は思いついていってみる。

「でも、結婚と就職って似てるところもあるよな」

「なんだよ。成瀬はなにがいいたいんだ」

哲也はジントニックを一気にのみほしていった。

「どっちもせいぜい三十代までで、そのあとはどんどん再スタートがむずかしくなる。未経験で、なにもしらない若いうちのほうがチャンスがあって、可能性はどんどん先細りになっていく」

谷原はあきれた顔で、哲也を見ていた。

「頭がいいんだろうが、おまえは恐ろしいことをいうな。そんなこと考えてたら、とてもじゃないが生きていくのがつらいだろ」

哲也は笑ってこたえなかったが、胸のなかでいっていた。そうだ、だから悩んでいるのだ。辞めるべきか、辞めざるべきか、それがフレッシュマンの問題だ。

それからの数日間、哲也はまた前田と営業の真似ごとをしてすごした。春の日ざしが夏を思わせるほど熱をおびて、明るくなっていく。世界は日に日にまぶしさを増していくようだった。そのなかで、ひとり働くことの意味を考えていたのである。まだ大学を卒業したばかりの哲也には、重苦しい日々だった。

そんなとき、営業部で噂をきいた。廊下で何人かが立ち話をしているところをとおりかかったのである。ほんのひと月だが、哲也は会社という場所について学んでいることがあった。組織にとって重要な情報は、会議室にはないことが多い。ほんとうに有益な情報は、廊下やエレベーターのなかのひそひそ話にあるのだ。哲也が耳にしたのは、ほんの断片だったが、とても無視できるようなものではなかった。

「……永井が辞めるらしい……」

とおりかかった哲也に気づいて、先輩たちが口を閉ざした。哲也はなにもきいていなかった振りをして席にもどり、さっそく谷原にメールを打った。

ふたりでまた青山のバーにいったのは、初任給をもらった翌週のことである。谷原は上機嫌だった。

「成瀬は初月給なんにつかった」

哲也は都内の親の家で暮らしている。生活するだけなら、さして金はかからなかった。

「今まで育ててくれたお礼だといって、半分親にやった。プレゼントは考えるのも探すのも面倒だから。そっちはどうした」

「おー、えらいな。こっちはひとり暮らしだから、そこまではしてやれないけど、デパートの商品券贈ったよ」

初任給のつかい道などどうでもよかった。哲也が確かめたかったのは、永井の噂の真相である。

「それよりおかしな話をきいた。永井さんがうちの会社辞めるって、小耳にはさんだんだけど、おまえはなにかきいてないのか」

うーんとうなって、同期が腕を組んだ。

「なにかまずくて漏らせないことなのか。ぼくは誰にもいわないぞ」

「いや、成瀬を疑っているわけじゃない。永井さんのことなら、もうすぐみんなにもわかるから、いっておくよ。あの人はうちを辞めて、アケボノ通信社に移ることになった」

やっぱり噂はほんとうだったのだ。その会社は上位十位以内にはいる広告代理店である。いい形の転職になるだろう。

「やっぱりうちの会社みたいなところでも、見てる人がちゃんといるもんなんだな。永井さんくらい仕事ができれば、よその会社の人間も放っておかないのか」

哲也は優秀な先輩の転職を素直によろこんでいた。逆に谷原は浮かない顔をしている。つぎに誰と組んでも、永井ほどの指導社員はいないのだから無理はなかった。今度は哲也が谷原の肩をたたいた。

「あんまり落ちこむことないさ。明日は明日の風が吹くんだ」

谷原がいきなりいった。

「成瀬は黙っていると約束してくれるか」

急に真剣になっている。哲也はしっかりとうなずいて見せた。

「ああ、誰にもいわない」

「約束だぞ」

「約束する」

指きりはしなかったが、子どものように念を押してきた。哲也は上半身をかたむけて、話をきく体勢をつくった。この間のとりかたからすると、よほど重要なことなのだろう。谷原は軽く息を吸うと一気にいった。

「ぼくも辞めることになった」

哲也はなにもこたえられなかった。うつむいた谷原の横顔を、眺めているしかできない。しばらくしてしぼりだすようにいった。

「……なんでだよ」

谷原はいきなりバーカウンターに頭をさげた。

「このまえはあんなに転職はやめろなんていっていたのに、すまない」

哲也は混乱していた。カクテルの代わりに、スコッチのオンザロックを注文する。騒いでいる胸のうちを鎮めようと、わざと冷静な振りをした。

「別に谷原があやまる必要はないよ。自分の人生だ。自分で決めるのは自由だ。だけど、なんでそんな急に辞めることになったんだ。転職は一生に二回までで、そんなにあせってつかうことはないカードじゃなかったのか」

「だから、その一回をつかうことにしたんだよ」

「なぜ……」

哲也の心は乱れていた。会社を辞めるなら、自分のほうが先だと思っていたのだ。それが転職を思いとどまるようにいっていた同期が先に辞めるという。

「ぼくはうちの会社はどうでもよかった。会社よりも永井さんに惚《ほ》れこんでいたんだ。その永井さんが来月から、別な代理店にいくという」

「それで辞めちゃうのか」

谷原は手を伸ばすとぽんぽんと哲也の腕をたたいた。

「いいから、きいてくれ。ここからはほんとうに秘密だからな。永井さんはアケボノ通信で、新規事業の営業チームをまかされるらしい。なんでもネット広告だって話だ。手が足りないから、おまえもどうだって誘われたんだよ」

そういうことか。だが、アケボノ通信なら明らかに仕事内容も待遇もステップアップするだろう。哲也は内心あせっていた。自分はここにとり残されるのだ。谷原はいった。

「不安は確かにあるよ。永井さんだって、アケボノ通信でうまくいくかわからない。

やっぱり外様《とざま》だからな。もし新規事業がうまくいかなければ、ぼくも居場所がなくなるかもしれない」

すべての仕事がうまくいくとは限らない。いきなり馘《くび》はないだろうが、冷やめしをくわされる可能性は十分あるだろう。

「それでも、うちを辞めて、むこうにいくのか」

谷原はすっきりした顔でいった。

「ひと晩だけ悩んだ。でも、仕事は出会いだろ。会社でも、人でもいいけど、惚れこめる相手があらわれたら、とにかくついていってみる。それでいいと思ったんだ」

「そうか……」

まだ自分にはそんな相手が見つかっていなかった。世のなかをすこしだけ見た哲也だが気づいたことがあった。モデルになる人物ややりがいのある仕事、そうした幸運な出会いをするのは、働く人のほぼ半分くらいではないだろうか。半分は見つけ、半分は一生かかっても見つけられない。自分がどちらになるのか、不安でしかたなくなる。この同期のように失敗してもいいからついていけるような対象と出会えるのだろうか。

「永井さんの送別会は来月早々になる。有給がたまってるから、もうほとんど会社にはこなくなるんだ。ぼくも一身上の都合ということで、来週には退職願をだそうと思ってる」

　哲也のあせりは深くなった。

「もうアケボノ通信の担当者とは面接したのか」

「うん、会ってきた。条件もきいてきたよ」

　身体のなかを衝撃が走った。自分が前田と喫茶店でさぼっているときに、この同期は転職先の人事担当と面談していたのだ。谷原は笑っていった。

「月々の給料はうちとたいして変わらない。でも、ボーナスはむこうのほうがだいぶいいみたいだ。福利厚生もむこうのほうが手厚い」

　浅ましいとは思ったが、嫉妬《しっと》が心の底で黒い泥のように湧きあがった。なんとか胸のうちを隠して、哲也はいった。

「よかったじゃないか。おめでとう」

　谷原は素直に笑っていた。

「ありがとう。でも、悪かったな。こっちのほうが先に辞めることになって」

「いや、別に、いいんだ」

　哲也はオンザロックを口のなかに放りこんだ。のどと舌が焼けつくようだ。同期の旅立ちを祝えないほど自分はちいさな男だ。罰だから、これでいいのだ。谷原がいきなりいった。

「そうだ、今夜、送別会をしてくれないか」

「いきなり今夜か」

「ああ、そうだ。来週退職願を提出して、来月には辞める新入社員だぞ。送別会なんて、やってもらうわけにはいかないだろ。うちの部署じゃまだ、こっちの名前を覚えてない人間もいるくらいなんだから」

哲也は苦笑した。

「まだぎりぎりで四月だな。同期の送別会を四月中にやることになるとは、ぜんぜん想像もしてなかった。でも、そういう事情じゃあしかたないか。一丁ふたりだけで、派手にやるか。こっちもいい加減、あの会社どうでもいいと思ってるんだ」

哲也は手をあげて、ウエイターに合図した。同じ酒を注文する。働き始めて、まだひと月足らずだった。この同期の未来も、自分自身の未来もまったく見えなかった。だが、一歩を踏みだし、どんな結果であれ受けとめようという友人がうらやましくてしかたなかった。まだまだこれから自分は、会社のことで悩み続けることになるだろう。

来月にはまだこの会社にいるかもしれないが、来年はわからなかった。けれども転職するにしても、しないにしても、自分が惚れこめるなにかを探さなければならなかった。大人はいう。不景気だから、正社員にしがみつけ。生活を守れ。会社を辞めれば生涯賃金が大幅にさがる。

だが、ほとんどの人間はただ安定と給与のためにだけ自分を殺せるほど強くはないのだった。だから三年間で三分の一のフレッシュマンがせっかくはいった会社を辞めていくのである。

もう湿った話はいいだろう。哲也は勇気ある同期と乾杯すると、広告の世界で自分がなにをやりたいのか、学生時代にもどった気分で話し始めた。

海に立つ人

那覇空港をでると、白いカーテンのような雨だった。

今年は東京でもゲリラ的な集中豪雨が多かったけれど、さすがに南国で雨粒もひとまわりおおきいようだ。長距離バスのターミナルでは、アスファルトの道路が水煙で白くかすんで見えなかった。

宗形司郎《むなかたしろう》は雨音を立てる屋根のした、ぼんやりと空を眺め、バスを待っていた。こんなふうに無心に雨を見るのは、何年ぶりだろうか。この三年間はまとまった休みがとれなかったのである。考えてみると贅沢《ぜいたく》な時間だった。ただ雨を見ているだけにせよ、ここは東京ではなく沖縄なのだ。

司郎は大手の建設会社に勤めていた。すでに入社して十七年になる。これまでに手がけたプロジェクトは二件だけだった。今回無事オープニングを迎えた南青山グリーンタワーは、地権者との最初のミーティングからかぞえると、ほぼ十一年がかりだった。ある程度の規模の再開発には、そのくらいのタイムスパンが必要なのだ。同じ部署の先輩には、六本木ヒルズクラスの巨大開発を二件だけしあげて、定年退職した者もいる。

もちろん大手なので、きちんと夏期休暇の制度はあった。だが、独身の司郎には夏休みは余計だった。無趣味で恋人もいないので、仕事をしているほうが気楽なのである。行楽シーズンの真っ最中、人でごった返すリゾートにわざわざ割増料金を払ってでかけるなど想像もできなかった。それより人のすくない快適な東京で仕事をしたほうが、いくらましだかわからない。これまでは夏がくるたびに、そう考えていた。

司郎は仕事だけしていれば満足な人間だった。以前に比べればすくなくなったとはいえ、まだまだ日本では、司郎のような男は多いことだろう。太いタイヤで水たまりを切り裂いて、バスが目のまえにすべりこんできた。司郎は型遅れの大型車両にのりこむと、最前列に席をとり、ひとつだけの黒いダッフルバッグを網棚のうえにのせ、腕を組んで目を閉じた。

空港をすぎても、長いフェンスが続いていた。フェンスのむこうにはこぎれいに整った宿舎がおもちゃのように建っている。なぜ、人のつくるものにはその国のにおいがでてしまうのだろう。政治に関心のない司郎にも、那覇市街とは密度の異なるゆったりとしたフェンスのむこう側が、在日米軍の基地であることはすぐにわかった。鮮やかな緑の芝を雨がたたいている。フェンスなど人が勝手につくったものだった。沖縄の雨にはこのフェンスの内側と外側の区別などないのだろう。土地の所有権など、人がやってきて大騒ぎして線を引き、自分のものだと勝手に叫んでいるにすぎなかった。地上六十五階を誇るあのグリーンタワーも、二百年もすれば消えてなくなっているかもしれない。

(きっと疲れているのだ)

雨粒でまだらになった窓を見ながら、司郎は思った。ふたつ目のプロジェクトの引渡しを終えて、燃え尽きてしまったのだろうか。いつまでも若いと勘違いしていた自分も、つぎの誕生日で四十歳になる。中年の危機、ミッドライフクライシスという言葉が浮かんだ。裕福な弁護士が自分の人生を振り返るハリウッド映画を思いだす。あれはアメリカ風の甘ったるいハッピーエンドだった気がする。

(だから沖縄くんだりまで、わざわざやってきたんだろう)

九月終わりの沖縄は、すでに観光シーズンを終了していた。バスの窓からのぞく街や通りには、祭りのあとに似た倦怠感《けんたい》がただよっている。司郎は骨の髄まで疲れていた。それよりもっと問題だったのは、昔のようにただひとつの生きがいである仕事への情熱が感じられないことだ。

このあたりで、リセットしてみるか。それが季節外れの南国の旅の目的だった。だが、司郎にもわかっていた。たいした波風はなかったけれど、人生の半分を生き抜いてきたのである。

旅にでたくらいで、人はそうそう都合よく変われるものではない。

沖縄で唯一の高速道路を二時間走って、バスは目的地に着いた。那覇空港周辺では嵐のようだった天気は、三十分後には青空に変わり、太陽をとりまいて円い虹《にじ》がかかった。円い虹はなにかよくないことが起きる前兆だときいたことがあるが、司郎は気にしなかった。空の中央にかかる淡い虹に、はかない美しさを感じたからである。

ホテルの名は銀砂ウエルネスリゾートといった。まだオープンして数年の新しいホテルだと、旅行好きの友人はいっていた。手ごろなサイズで、のんびりくつろげる隠れ家的なリゾートはないか。そう司郎が質問して、紹介されたホテルだ。

その名のとおり、施設は半円形の白砂の入り江に沿って建てられていた。七階建ての本館の両サイドに、赤い琉球《りゅうきゅう》瓦のコテージが一ダースほど段違いにならんでいる。遠くから眺めると実物のリゾートホテルというより、建設予定の手のこんだ模型のようだった。

チェックインをすませた司郎は、そのうちのひとつに案内された。

「こちらにどうぞ。ごゆっくりおくつろぎください」

ボーイが木製のドアを開いて、待っていてくれた。ドアのわきに目をやると白い壁にこげ茶色のヤモリが張りついていた。じっと見つめても、動くことはない。司郎の視線に気づいたボーイが笑っていった。

「そいつはこのコテージに住んでいるんですよ」

そうするとこの爬虫類《はちゅう》のほうが主《あるじ》で、四日ばかりここに寝泊りする自分のほうが訪問客なのかもしれない。

(よろしくな)

司郎は心のなかで、ヤモリに呼びかけるとコテージのなかに足を踏みいれた。荷を開き、ベッドに寝そべり、マットレスのやわらかさを確かめた。ひとりで眠るだけなら、マットレスなどどうでもいいのだ。そう考えて、苦笑いをする。どう見てもこのツインベッドはカップルのためのものだろう。司郎には恋人もガールフレンドと呼べるような女性もいなかった。この七、八年ずっとひとりである。それで不自由を感じたこともない。自分はきっと生きるうえでの欲望が薄いのだろう。始終女を追いかけまわしている友人たちを見て、そんなふうに思うことがあった。女もいなくて生きていてなにがおもしろいのかと、悪友にはいわれることがある。そんなとき司郎のこたえはいつも同じだった。別におもしろいから生きているわけではない。

腕時計を見た。まだ夕食までは時間がたっぷりとある。司郎はベッドを起きだして、久しぶりの水着に着替えた。友人から沖縄の太陽光は強烈だときかされていた。二十年近く焼いていない肌のうえに、日焼けどめを塗りつけていく。姿見のまえで思わず笑ってしまった。

生白い身体に、白粉《おしろい》のように日焼けどめを塗った男が立っている。筋肉はだいぶ脂肪におきかわっているようだ。腹はでていないが、胸も肩もたるんで丸くなっていた。年をとれば誰でもそうなる。頭ではわかっていても、なんだかうんざりしてしまった。司郎はサングラスをかけ、コテージから海辺へとおりていった。

遠くから見ると、輝くように白いビーチだった。死んだサンゴのかけらでできた砂浜は、足の裏に痛かった。ホテルのプライベートビーチには、数組の若いカップルが日光浴をしているだけだった。学校が始まっているので、家族連れの姿はない。空いているビーチパラソルのしたに手荷物をおいて、焼けた砂のうえを爪先立ちで波打ち際まで歩いた。さすがに沖縄で、日ざしは重さを感じるくらい強かった。浅瀬の水はぬるいシャワーのようだ。透明に澄んで足元を明るく照らしている。光のなかでも歩いているようだ。サングラスをかけたまま揺れる海面に大の字で浮かんだ。司郎はさして泳ぐのが好きでも、得意でもない。海にきて、ただラッコのように浮かんでいるのが好きなのだ。

「もう、いやーだ」

若い女の声が右手からきこえた。海に浮かんだまま顔をあげると、水中で若い男女が抱きあっていた。きっと男が水着のなかに手でもいれたのだろう。ばからしい。

空を見た。円い虹はまだぼんやりとだが、空にかかっている。太陽光を天辺《てっぺん》に受けた積乱雲は見つめていられないほどのまぶしさだった。波の音と潮のにおいがする。体温と変わらないほど生ぬるい海水に浮かんでいると、身体中の骨と関節と筋肉がばらばらにほぐれていくようだった。空を見て、雲を見る。波に揺られている。そんな三十分をすごして、司郎はだんだんとおおきな声で笑いたくなってきた。

ビーチパラソルは三分の一ほどしか使用されていなかった。ほとんどがカップルである。司郎はどこにいっても感じるのだが、なぜ人はこれほどパートナーをつくる生きものなのだろうか。ひとりで生きることは、それほど不自然だろうか。四十近くまで独身を続けると、自分の生活パターンを変えるのは容易ではなかった。その型にうまくはまってくれる女性などいるものだろうか。最近では親もあきらめたらしく、話していても結婚や孫という言葉は慎重に避けられるようになった。

身体から滴《しずく》を落としながら、自分のパラソルにむかった。それとなく周囲の女性を観察する。水着の女性を好きなだけ見られるのが、夏の海の素晴らしさだった。このところのビキニブームは、男たちにとってありがたいものだ。

つぎつぎと最新の水着を追っていた司郎の目が一番端のパラソルでとまった。白いサマードレスを着た女性が海をむいて座っている。誰もが水着のビーチでは、かえって服を着ているほうが目立って魅力的だった。年齢は三十代なかばだろうか。水着を見るなら二十代がいいけれど、司郎はさして若い女性が好きではなかった。つきあうのなら同じ三十代がいいとかねがね考えている。

タオルで汗と海水をふきながら、それとなくひとりはずれたパラソルに座る女性を観察した。細くて、小柄なようだ。白いつば広の帽子をかぶり、おおぶりのサングラスをかけている。顔の細かな造作はわからなかった。だが、鼻筋やあごのラインからすると、きりりと引き締まった美人である可能性が高かった。美しい人はどこを隠してもわかるものだ。全体が細部でも無限にくり返される。美しさはフラクタル構造をしている。グリーンタワーのプレゼンを思いだした。彼女には連れはどうやらいないようだ。

日焼けどめをもう一度塗り直しながら、司郎は自分を笑った。いくら観察したところで無駄なのだ。自分にはひとり旅の女性に声をかけるような勇気などない。この旅先だけで気にかけても、東京に帰れば彼女のことなどきれいに忘れてしまうことだろう。

夜はメインダイニングで、沖縄の島野菜をふんだんにつかったディナーだった。十五年ほどまえにきたときには、沖縄の観光地の食事はどれも砂糖をつかいすぎで甘口だったのだが、今回のディナーはきちんとうまかった。

海にむかう窓に目をやった。白いシャツを着た自分が映っている。旅先でもだらしないのが嫌いな司郎は、Tシャツ一枚でダイニングルームにおりることはなかった。したは紺の短パンだが、うえはクリーニングから返ったばかりの長袖《ながそで》シャツを着ている。

(あの人はきていない)

もしかするとチェックアウトまえの最後の別れを沖縄の海にしていたのかもしれない。それだとするなら、味気ないことにこのリゾートでひとり旅をしているのは、自分だけということになる。

食後のコーヒーをゆっくりとのんだが、あの女性はあらわれなかった。天井でゆっくりとファンの回転するダイニングでは、酔いの増した恋人たちの声がおおきくなるだけで、司郎はうんざりして自分のコテージにさがった。

沖縄の夜は長かった。

東京と同じ騒々しいバラエティ番組を流すテレビを見る気にはなれなかった。この旅のためにもってきた本に集中することもできない。ひとりでバーにいくのも面倒だった。ここは周囲から隔絶したビーチリゾートなので、そうなると時間のつかい道がまるでなくなってしまった。カップルなら、これからが旅のおたのしみの本番だろうが、ひとりではどうしようもない。

司郎はベッドに横になってうとうとした。日焼けした肌が微熱をもって、風邪でも引いたようである。はっと気づいて目を覚ました。

(失敗した。せっかくの沖縄の夜なのに)

きっともう真夜中だろう。最初の夜を居眠りして終えてしまった。そう思って腕時計を見ると、まだ夜の十時すぎだった。ひと安心するが、あきれるほどの夜の長さに驚いてしまった。司郎はベッドをでると、ひとり部屋のなかにいたたまれなくなり、コテージを離れた。ドアのわきにはあのヤモリが何時間もまえと同じ恰好《かっこう》で張りついている。自分の家を守っているのだろう。

「ちょっといってくる。留守を頼むよ」

爬虫類《はちゅう》からはまったく返事がなかった。

浜におりていくと、気もちのいい風だった。熱帯夜の続く東京よりも、夜に関してはこちらのほうが涼しく、しのぎやすいようだ。ガジュマルの木のあいだを抜けて、白砂のビーチにむかった。半円形の浜の中央には、背の高い明かりが灯《とも》されていて、足元を昼のように照らしている。パラソルのしたの影には、二組のカップルがいた。司郎の足は自然にカップルを避けて、光のささないビーチの端にむかった。沖縄の夜の海を見てみたかったのである。昼間はきこえなかった波音が妙に耳についた。遠く水平線のうえには夜の積乱雲が灰色に浮かんでいる。

そのとき司郎は白い影に気づいた。海風に裾《すそ》を揺らすサマードレス。あの女性だ。まだこのホテルに滞在していたのである。それだけですこしうれしかった。くるぶしまで海にはいって、彼女は沖にむかって右手をあげた。ノースリーブのドレスから伸びる腕は、白く細かった。腕の骨格や筋肉など、女性と男性でそう異なるはずもないのに、なぜ目をひきつけられてしまうのだろう。

胸の高さまであげた手のなかから、なにか白い灰のようなものが海にまかれていた。砂浜のコーラルサンドだろうか。それにしてはさらさらと粉のように乾燥している。女性はそのまま数歩先に足をすすめると、しばらく沖縄の海を眺めていた。風に髪がなびく、後ろ姿なので確かにはわからないけれど、背中が泣いているようにも、笑っているようにも見えた。それは人ではない浜辺の白砂の精のような澄んだ背中だった。

（この人はいったいどういう人なんだろう）

抑えられない好奇心を抱えたまま、司郎は見てはいけないものを見てしまった気がして、足音を殺しコテージにもどった。


翌日も司郎はクラゲのように海に浮かんですごした。二日目になるともうなにかをしなければいけないというあせりの気もちはなくなっていた。これが沖縄の力だろうか。十年がかりの再開発プロジェクトを緻密《ちみつ》に計画するなど、ばからしくなってくる。一日を海ですごし、ひとりきりのディナーをすませて、コテージにもどった。だが、この夜司郎には目的があった。なぜかあの女性がまたビーチにくるような気がして、しかたなかったのだ。

ベッドに横になり、じっと夜十時まで待った。ヤモリに挨拶《あいさつ》して、忍び足で部屋をでる。ビーチではまた数組のカップルが身体を密着させていた。司郎はそれを見ても、もう心を乱されることはなかった。半円形の入り江の端まで、さらさらのサンゴの砂を踏んで歩く。昨日よりも海風が強いようだった。波がわずかに荒くなっている。暗いビーチに、彼女はいなかった。それでも司郎はあきらめなかった。きっと彼女はくるだろう。妙な確信があったのだ。

油を塗ったように一枚一枚の葉をてからせる海辺の木のかげで、司郎は身体を低くしてサマードレスの女性を待ち続けた。

彼女が前夜とはカットの異なる白いドレスでやってきたのは、十時半だった。顔には表情と呼べるようなものは見えない。ただ自分の果たすべきことをやりにきた、そんな顔つきだった。そういえば、この人は昼間ビーチにいるあいだもにこりともしなかった。

波打ち際にまっすぐにすすんでいく。今夜は肩からちいさなショルダーバッグをさげていた。彼女はまたくるぶしほどの深さまで海にはいると、そこにしゃがみこんだ。バッグのなかから、ビニール袋をとりだしたようだ。

透明な袋のなかでは白い枝のようなものがからみあっていた。彼女は無造作にビニールに手をいれると、白いものをとりだして、泡立つ波に浸した。そのまま足元においておき、つぎの枝をとりだす。全部海に浸してしまうと、かしゃかしゃと淋《さび》しい音を立てて、手のなかで転がしている。

(あれはなんだろう)

(あれは、なにか洗っているみたいだ)

息をひそめて見つめていた司郎は、そのとき気がついた。昨日まいていた白い砂も、今夜洗っている白い枝も、元はきっと同じものだったに違いない。あれは砂でも枝でもなく、骨だ。生きものの、いや、きっと人間の骨である。

けれども、司郎はその事実に恐怖を感じなかった。小枝のような骨を洗う彼女の背中が妙にうれしげだったせいかもしれない。背中が笑っているようだ。司郎はわざと足音を立てて、隠れていた広葉樹のかげから離れた。

「驚かせてしまって、すみません」

女性にそんなふうに落ち着いて声をかけられたのは、生まれて初めてだった。彼女はさっと振りむいたが、目が赤くなっていた。この人は泣きながら、笑いながら、骨を洗っていたのだ。

「失礼ですが、それは、どなたの骨なんですか。よろしければ、教えてください」

白いサマードレスの女性は立ちあがると、にぎった手のなかの骨から滴《しずく》を落としていった。

「わかりました。ちょっと待ってください」

手早く骨をビニール袋に収めると、海からあがってきた。ふたりは測ったように手の届かない距離を保って歩き、濡《ぬ》れていないコーラルサンドに腰をおろした。

「わたしの名前は公崎文乃《きみざきふみの》といいます。公崎は亡くなった夫の姓なんですが、別れても元の名前にもどすのがなんだか気がすすまなくて」

夜の海風のように温度の低い声だった。ちらりと横顔を盗み見たが、文乃はじっと盛りあがっては崩れる波にむかっているだけだった。

「そうですか。ぼくは宗形司郎といいます。東京の建設会社で働いています……」

なぜ急に自己紹介を始めてしまったのだろうか。あせっていった。

「……死別はつらかったですね」

くすりと文乃は笑った。笑うとおおきな目が糸のように細くなって愛嬌《あいきょう》のある顔立ちになる。この人は笑っているほうが、きれいではないけれどいいと思った。

「死別じゃないですよ。そのまえにわたしたち離婚してますから」

いったいどういうことだろうか。

「夫は憲次《けんじ》というんですが、交通事故で亡くなったんです。離婚して一年以上たっていましたから、わたしは死に目にも立ち会えなかった。でも、おかしな話なんですが、亡くなる半年ほどまえに義理の母にいっていたそうなんです。もし、おれが死んだら、遺骨の半分は文乃にやってほしいって」

離婚した妻に骨を半分だけ残す。非常識な話だった。

「失礼ですが、なにか財産もいっしょに相続されたんですか」

文乃はかすれた声で笑った。

「あの人、もう三十三歳だったんですけど、お葬式をだしたらなくなってしまうくらいしか、貯金がなかったんです。マンションも賃貸だったし。わたしにきたのは、この骨だけ」

ショルダーバッグからビニール袋をとりだした。海水で洗われた人の骨は、砕けたサンゴと変わらなかった。

「よく受けとりましたね」

「ええ、断ることもできたんだけど、わたしになにをしてもらいたかったのかなあと考えてしまって」

自分だったらどうするだろうかと、司郎は考えた。別れたガールフレンドの白い骨。想像もつかない。

「彼の家は代々宗教に熱心でした。でも、彼自身はそれほどでもなかったんです。結婚していたころ話したことがありました。もし、死んだら自分のお墓はどうしようかって。彼はいっていました。あの先祖の墓でなく、わたしと旅行した思い出の土地に適当にばらまいてほしい。おれには墓なんていらないんだ。そんな強がりをいっていたんです」

司郎は言葉もなく足元の白い砂を見つめていた。自分には遺骨をまかせられるような人はいなかった。文乃の声は凛《りん》と澄んで強かった。

「骨をまく旅も、今年で三年目。これで最後です。タイのプーケット、ハワイのワイキキビーチ、そして沖縄の美ら海《ちゅらうみ》。夏休みがくるたびに、すこしずつまいていって、もう彼の骨も残るのはこれだけです」

ビニール袋をあげて、文乃は振ってみせる。おもちゃのような音がした。子どもの指先ほどの細いかけらが、二、三本濡れている。他人の遺骨を見ても、司郎は恐怖や嫌悪を感じなかった。生きている人間よりも、白い骨はよほど清潔でまっすぐに見える。

「散骨の話はきいたことがありますけど、骨を洗うって初めてです」

文乃はさばさばといった。

「骨をまくのも、ほんとうは定められた場所できちんと許可をとらなくちゃいけないんですけど、死んでまで法律なんかに縛られたくないですよね。ここなら誰にも迷惑にならないし、混ざってしまったら、絶対に誰もコーラルサンドと遺骨の区別なんてつかないですから」

ちいさな笑い声をあげた。

「海の水で骨を洗うのって、沖縄では昔よくおこなわれていたんですって。骨を海で洗ってきれいにして、またお墓にもどす。それをきいて、ちょっといいかなって思って」

いたずらを見つかった子どものように舌をだしてみせる。圧倒的な夜の海の広がりのまえで、知らない人間の骨の話をしているのに、なんだか笑い話のようにきこえてくるから不思議だ。

「離婚したなんて嘘みたいですね。すごく仲のいい夫婦みたいだ」

「ほんとに。でも、人間って理由もなくくっついて、理由もなく別れたりしますよね」

　何人か昔のガールフレンドを思いだした。理由もなく傷つけ、傷つけられる。きっとそう生きるように人間はできているのだろう。

「あの、実をいうと昨日で、全部彼の骨をまいて終わりにするつもりでした。散骨の旅も足掛け三年になるし、もうほんのすこししか残っていないから。でも、最後の最後で、全部手元からなくなるのが惜しくなってしまった。わたしと彼が結婚していたということの証明は、もう名前と骨しかないんです」

　それを自分がいってもいいのか司郎は迷ったが、気がつくと口にしていた。

「文乃さんは、ご主人のことまだ愛してるんですね」

　となりに座る女性が息をとめたのがわかった。黙っていると、波音が間を埋めてくれた。これだから海の近くでは人は簡単に恋を始めてしまうのかもしれない。

「離婚のときは、それはたいへんでした。彼もわたしもこれ以上はないほど傷ついて。双方の親や親類を巻きこんでの争いになったので。でも、すべて終わってみると、どこか懐かしい気もするんです。それが愛してるということなのかな。でも、それは彼が死んじゃってるから、そう思えるのかもしれない。まだ生きていて、わたしよりずっと若い美人と再婚でもしたら、こんな骨なんて燃えないゴミの袋に投げちゃったかも」

風が吹いて背中の防風林が揺れた。葉ずれの音が誰かの笑い声にきこえる。司郎も思わず笑っていた。

「なんだか死んでも生きても、人間なんて変わらないみたいですね」

「ほんとに。でも、散骨の話はホテルの人にはないしょにしておいてくださいね。いきなり追いだされるの嫌ですから」

司郎は胸をたたきたいほどだった。白く清潔な骨をまくのは、観光地にゴミを捨てるよりはずっと環境にいいように思えたのである。

「わかりました。誰にもいいません。でも、その残りの骨はどうするんですか」

溶けるような目でビニール袋を見おろすと文乃がいった。

「東京にもって帰ります。わたしの部屋においておくつもり。別にお花や水をいつもあげたりしてるわけじゃないんですけど。この三年間と同じように、放りだしておくことになるのかな」

いい手《た》むけだと司郎は思った。自分が死んだあとで、そんなふうに遺骨をあつかってくれるなら本望だ。この人になら、自分の死をまかせられる。死んだ男はそう思ったに違いない。そこで司郎は勇気を振りしぼった。

「明日はまたビーチにきますか」

「ええ、最終日だから、すこし泳いでみようかな」

「お住まいは東京ですね」

「はい」

文乃はその夜初めて声をかけられた男の緊張がおかしくてしかたないようだった。華やかに微笑んでいう。

「だけど、わたしはもう三十五歳ですよ。ビーチにはもっと若くて、ぴちぴちした子がたくさんいるのに」

これは亡くなった男性がくれた力だろうか。なぜか、不思議な確信をもって司郎はこたえていた。

「年齢は問題じゃありません。ぼくもつぎの誕生日で四十です。よろしければ、東京で食事でもしてみませんか。結婚はしていないし、この何年か彼女もいません」

思い切りまっすぐな言葉だった。ここが沖縄の海でなく、文乃が夫の骨をまくという特殊な状況でなければ、中年になった司郎が心を開くのはむずかしかっただろう。

文乃は濡《ぬ》れた骨のはいったビニール袋をもって立ちあがった。ドレスの尻《しり》についた砂をはたき落とす。意外に力強い動作だった。

「それは明日一日美ら海でいっしょに泳いでからの返事でいいですか。わたしたちの未来にいい予感をもてるようなら、連絡先をお教えします」

長いことひとりきりで生きてきた司郎も、そのときはなぜか妙な自信にあふれていた。きっと文乃とは東京で再会することになるだろう。自分たちの関係は未来も続いていくだろう。それはことによるとつぎの十年、二十年という期間になるのかもしれない。なにせ、このチャンスをつくってくれたのは、誰よりも文乃の幸福を願っているはずの、あのビニール袋のなかにいる誰かなのだ。

さくさくと白いサンゴの砂を踏んで、文乃がコテージに帰っていく。波が消していく足跡をもう一度なぞるように確かめながら、司郎は海と砂、生と死の生あたたかな波打ち際を歩いていった。

銀のデート

表参道の石畳に網目の影が落ちていた。

秋も深まってケヤキの木が裸になり、細かな枝が葉脈のように空を覆っている。乾いた灰色の石畳に走る影は、まるで脳血管を映しだすCTスキャン映像のようだった。

(思いだしたら、いけない)

平岡《ひらおか》美砂《みさ》は手に小型犬用のリードをもって歩いていた。ナイロンの赤いリードの先は、夫の朗人《あきと》の手首に結ばれている。朗人が迷子になったら、困ってしまうからだった。この通りの裏にちいさなマンションを買ってから、夫婦は二十年になる。表参道は若かったふたりにとって思い出の散歩道だった。

ケヤキ並木は、春には新緑、夏には盛りの深緑、秋は乾いた紅茶色で、冬は東京の晴れた青空を透かす網目の天井だった。そこを週末のたびに子どものいない美砂と朗人は、すこしだけおしゃれをして散歩したのである。

普通なら、そのかよいなれた道で迷うなど考えられなかった。心のなかでため息をついたが、決して表情にはださないようにして、三歳年うえの朗人に目をやった。夫は見慣れているはずの表参道ヒルズのショーウインドウに熱心に見いっている。

「この腕時計、安いなあ」

美砂もハリー・ウィンストンのウインドウを見た。スチールケースの縁にちいさなダイヤモンドのついた男性用の腕時計だった。

「ちょっといって、買ってこようかな」

光り輝く腕時計のしたにおかれた値札を確かめた。やはり七桁《けた》だ。この人は自分の頭で思いこんだ数字しか読んでいないのだ。一桁間違っているのである。夫は最近ひどく数字や計算に弱くなっていた。悲しくなったけれど、美砂は笑顔でいった。

「ダメよ。もう働いてないんだし、贅沢《ぜいたく》はできないでしょう」

「そうかあ、ずいぶん安いと思うんだけどなあ」

そういう朗人の左手には腕時計はなかった。つけて外出すると、どこかにはずしておいてきてしまうので、家のなか以外でははめないのだ。

「じゃあ、いこうか」

夫はつぎの瞬間には腕時計のことなど忘れて、歩きだしていた。鮮やかな黄色のダウンジャケットの背中が秋の日を浴びてまぶしかった。美砂もそろいのダウンだが、色は黒だった。黄色は夫が道に迷ったり、人ごみのなかにまぎれたときに見つけやすいように選んだ色だ。間違って車道に飛びだしたりしても、自動車の運転手に気づかれやすい色でもある。黄色は注意の色だった。小学生のかぶる帽子のように。

朗人はのんびりと鼻歌をうたいながら歩いていく。赤いリードが伸びて、美砂の手を引いた。歌はブロンディの「夢見るNo．1」だった。美砂は胸をつかれた。この曲はわたしたちふたりがつきあい始めたころのヒット曲である。

目に涙がにじんだが、断固として落とさないようにした。つらいのは自分よりも、通常の頭脳の働きを日々失いつつある夫のほうに決まっている。

「待って、あなた。そこのカフェで、熱いココアでものんでいきましょう」

そういうと美砂は夫と肩をならべ、つないだ手のなかに赤いリードを隠した。

最初に異変に気づいたのは、三年ほどまえだった。

そのしばらく前から、朗人のもの忘れはひどくなっていた。話している最中に肝心のテーマを忘れてしまう。土地や人の名前がでてこない。趣味の鉄道模型の車名さえ、あらためてカタログを確認しなければならない。

どれも美砂にとっては首をかしげる程度の問題で、深刻に考えたことはなかった。誰だって五十をすぎれば、もの忘れが激しくなる。そのくらいの軽い受けとめかたしかしていなかったのだ。今にして思えば、うんと早い時期に医者に診せていれば、症状の進行をすこしは遅らせることができたのかもしれない。

あれは今日のようによく晴れた秋の土曜日だった。遅めの朝食の用意にかかったのだが、冷蔵庫にはパンが切れていた。サラダとオムレツをつくるから、そのあいだにパンを買ってくるように夫に頼んだのである。歩いて数分の近所の手づくりパン屋だった。フランスパンの生地でつくるパン・ドゥミがおいしくて有名なのだ。

十分ほどして、簡単な朝食の準備ができた。刻んだリンゴをプレーンヨーグルトにからめ、そこにハチミツを垂らした即席デザートも用意する。半熟のオムレツが冷えていくのにあわせて、美砂はだんだんといらいらしてきた。せっかくの料理がだいなしになってしまう。

冷たい金属音が鳴って、マンションのドアが開いたときには、三十分ほどたっていた。美砂はスリッパの音を鳴らしながら、玄関にむかった。

「あなた、どこで油売っていたの。もしかして、またNゲージを見にいっていたんじゃないでしょうね」

美砂は玄関に立ちつくす朗人をにらんだ。どこかがおかしい。

「ごめん……」

おかしいのは両手になにもさげていないことだった。両肩が丸く落ちている。

「パンはどうしたの」

朗人はおびえていた。怒った妻にではなく、なにかもっと恐ろしいものに買いものの途中に出遭ってしまったようだった。

「わからなくなった」

「買うのはいつものパン・ドゥミでしょう。なにがわからないの」

しかられた子どものように五十をすぎた朗人がうわ目づかいで妻をのぞいた。

「パン屋への道が……わからなくなった」

わからないのは美砂のほうだった。何十回となく足を運んだ近所の店への道がわからなくなる。想像もできないことだ。美砂の声も悲鳴のようになった。

「あなた、パン屋さんにいく道のほかにもわからなくなることがあるの」

朗人の目からは、壁に開いた穴のように感情が消えてしまっている。

「ずっといえなかったけど、最近じゃあ得意先にいく道を忘れたりすることがある。このまえなんか、会社のなかで会議室の場所がわからなくなった」

朗人が両手で頭を抱えていった。

「おれの脳みそはどうなっちまったんだ」

その日は朝食をたべずに、病院にいった。タクシーのなかで美砂は夫の腕をとった。朗人は窓の外を眺めながら、脳神経科のある都立病院に着くまでずっと震えていた。

ばりばりと営業の前線で働いてきた自信に満ちた壮年である。その夫が心の底から怖がっている。美砂にはそれがなによりも恐ろしかった。

美砂が考えこんでいると、朗人が振りむいていった。

「あの店なんていったっけ、ほらあの明治通りの交差点の近くにある、レールがたくさん敷いてあるところ」

「イモンでしょう。先週もいったじゃない」

「ああ、そうそう。イモン、イモン」

忘れないように何度も繰り返している。そこは夫婦のあいだでけんかになるほど、朗人がNゲージの鉄道模型を買いこんだ専門店である。美砂は先を歩く夫のうしろ姿に目をやった。この人の後頭部にはこれほど白髪が多かっただろうか。背筋も伸びているし、スポーツ好きだった身体には、まだ若々しさが残っている。けれども頭のなかだけ、急速に衰えているのだ。

「帰りにちょっとその店に寄ってくれないか」

朗人はおびえた目をしていた。あの土曜日の目だ。このごろはその顔をすることが多くなった。きっとひとりでいくのは心細いのだろう。夫がなにかを恐れているのを見るのは、妻として苦しかった。無理やり明るい声をだす。

「わかった。でも、今日は新しい模型は買わないのよ」

「はいはい」

若年性のアルツハイマー病の診断がおりたのは、一週間後だった。

初診のときは脳のCT画像を撮り、簡単な試験をした。百から七ずつ何度も引きなさい。九十三、八十六……。朗人は三回目にはこたえに詰まった。しっている野菜の名前をあげなさい。キャベツ、キュウリ、ナス……。そこからつぎのニンジンまでに、汗だくの九十秒がかかった。問題は延々と続いた。この程度のことで、ほんとうに病気がわかるのだろうか。まるで小学校の知能テストのようだと美砂は思った。

医者の言葉で、五十代でアルツハイマー病にかかる人がいることを、美砂は初めてしった。年したの医者は治るとはいわなかった。がんばって、進行を遅らせていきましょう。新しい薬もつぎつぎと開発されていますし、希望を捨ててはいけません。おかしなことをいう医者だと思った。病気だというのなら、手術でも特効薬でもあるだろう。だから高い治療費をとって、こんなに立派な施設までつくっているのではないのか。夫は羊のようにおとなしく話をきいていた。魂が抜けたようである。

数種類の薬をもらってマンションに帰ったのは、遅い午後だった。朗人は玄関で背中を丸めていった。

「疲れたから、すこし休む。ちょっとひとりで考えさせてくれ」

力のない音で、寝室の扉が閉まった。美砂は不安でたまらなかった。リビングのノートパソコンを開いて、アルツハイマー病を検索した。関連サイトは、百四十万件。自分がしらなかっただけで、世界はこの病気であふれていたのだ。

部屋が暗くなっても、美砂は明かりをつけずにディスプレイを読み続けていた。つぎつぎとサイトを開いては読みこなしていく。洪水のような情報をとりこむのをとめられなかった。そのときようやくわかった。あの医者は慎重に言葉を選んでいたのだ。患者に根拠のない希望を投げるわけにはいかない。

アルツハイマー病の原因はまだよくわかっていないという。脳の神経細胞が萎縮《いしゅく》していく。そこに特定のタンパク質がたまるので、それが原因ではないかと疑われている。手術には効果が期待できなかった。特効薬もまだ存在しなかった。ガンの生存率は医療の進歩により平均すれば五十パーセントをうわまわるのに、アルツハイマー病の場合には見たことのない数字がディスプレイに並んだ。死亡率は悪性腫瘍《しゅよう》をうわまわっている。

美砂は胸が苦しかった。三時間以上もネットサーフィンをしていたので、目がかすみ、背中が硬い板のようになって痛んだ。疲れ切っているのに、激しい鼓動がとまらなかった。どうやって病気を治すかではないのだ。あとはどうやって残された時間を、朗人とすごすか。それしか自分たちにできることはない。この病はその先があるものではなく、終わりの始まりの病気なのだ。

曇りガラスがはまったリビングの扉がそっと開いた。服を着たまま、すこし眠ってしまったのだろう。夫の髪には寝癖がついていた。

「どうしたんだ、電気もつけないで」

美砂は飛ぶように数歩の距離を詰めた。胸に抱きつく。枯葉のように香ばしいなつかしい夫のにおいがした。

「あなた、どんな病気にかかっても大好きだからね」

朗人は背中をゆっくりとなでてくれた。

「わかってる。いくら頭がぼけても、それくらいはわかるさ」

声をあげてしゃくりあげる美砂の背中を、明かりのついていないリビングで朗人はずっとなでてくれた。

「やっぱり冬はココアだな」

酒好きだった朗人は、診断がおりてからアルコールを一切口にしなくなった。ショットグラス一杯のウイスキーで、脳細胞は百個死滅するとどこかに書かれていたからだ。記憶力の衰えを抑えるという医師からだされた薬に加え、脳にいいというDHAや漢方薬も大量にのんでいる。

「そうね、甘くておいしい。糖分は頭の栄養になるんだものね」

精製された白砂糖よりもミネラル分が豊富だという黒砂糖を、いつも美砂はもち歩いていた。朗人のココアにもひとかけら落としていた。ひざのうえには店が用意したひざかけがのせてある。ダウンジャケットを着て、ひざかけで脚をくるめば、秋の終わりの都心なら十分にあたたかかった。

散歩は医師のすすめでもあった。こうして毎日身体を動かすことで、運動に関する神経をトレーニングする。外界にふれる緊張感や刺激が、思考力や感受性の衰えを防ぐのだ。朗人が会社を辞めてから、散歩はふたりの日課になっていた。

夫がダウンのポケットから硬貨をつかみだして、テーブルに広げた。いつもの計算の練習である。

「五百円玉が一枚、百円玉が二枚、十円玉が六枚、五円玉が一枚で、一円玉が七枚。

全部で、えーと」

すべての硬貨を種類別に並べてから、もう一度数えなおす。暗算でこたえをだすのはすでにむずかしいようだった。

「えーっと、うーん」

朗人は五十六歳である。腕を組んで硬貨を数える姿は、子どものようだった。美砂は微笑んで夫を見つめていた。そういえば、昔はこんなふうに人まえで回復訓練などしない人だった。診断がおりたころは、絶対に自分の症状を他人に悟られまいと毎日必死だったのである。

つねに地図をもって歩き、デジタルカメラで会社やいきつけの店を撮影し、こまめに電子辞書を引く。会社では勉強熱心で有名になったらしい。誰のどんな話でもメモにとっているのなら、それもあたりまえだった。夫にしてみれば、すべては自分の病気をしられるのが怖くて、追いかけられるように作業していただけなのだろう。

あるとき二週間ほど、夫が荒れ続けたときがあった。暴力を振るったことなどなかったのに、ものにあたったのである。食器を割り、携帯電話を折り、ソファを蹴飛《けと》ばし、マンションの壁をなぐって穴を開ける。美砂といっしょにベッドでは寝ずに、ソファやバルコニーの寝椅子で寝る。なにもできずに美砂は淡々とあと片づけをするだけだった。

酔いつぶれて帰ってきて、玄関で倒れてしまった夜、タオルケットと枕を運んで、美砂は夫といっしょに狭い廊下で身体を丸くして眠った。すこしフローリングの床は固かったし、夜更けの空気は冷たかったけれど、美砂は朗人の体温をすぐ近くに感じて満足だった。明けがたに目を覚ました夫は、酒くさい息でいった。

「こんなところで眠っていたのか。美砂までつきあうことはないだろ。おれなんて、放っておけばいいんだ」

美砂は夫の頭を胸に抱いた。

「放ってなんかおけないよ。どんなに荒れてもいいし、どこで寝てもいいから。わたしたち夫婦なんだから、ほかの人のまえにいるときみたいに気をつかわなくていいよ。あなたの病気のこともしってるし、あなたがどこで寝てもわたしはいっしょにそこで寝るから」

朗人は美砂の胸で吠《ほ》えるように泣きだした。美砂がなにをいっても返事をしない。そのまま三十分も泣いてから、夫はいった。

「もうこれ以上会社に迷惑はかけられない。おれは仕事を辞めようと思う」

そこまで追いつめられていたのだ。仕事はこの人にとって、生きることの中心だった。わたしや趣味でさえ、仕事にはとてもかなわなかったのに。

「わかりました。長いあいだお疲れさま。じゃあ、これからはずっとふたりなのね」

「そうだな、だんだんぼけてくおれなんかといて、美砂はいい迷惑だ。つまらん人生だな」

美砂は返事をしなかった。ただ汗のにおいがする男の頭をしっかりと抱いた。この人の残りの時間をすべて自分のものにできる。それがただうれしかった。

早期退職制度を利用して、朗人は翌月には会社を辞めた。

退職金の割り増しは二十カ月分で、マンションのローンをすでに終了している平岡家にとって、ありがたい生活資金になった。朗人はごく親しい同僚以外には病気のことは伏せたまま会社を去った。最後まで意地っ張りで、ええカッコしいなのだ。人よりも早いハッピーリタイアメントを気どりたかったのだろう。

けれども、毎日出勤しなくてよくなると、朗人の症状は急速に進行した。着るものにかまわなくなり、いつも同じセーターと綿のパンツをはいている。老人のようにひとり言を繰り返したり、ぼんやりとなにもない空中を見ていることが多くなった。

だが、美砂にとってはその状態のほうが、まだ相手をしやすかったのである。意識の状態は雲の多い日の窓辺のように、まだらの光で照らされていた。暗いときは不活性で静かなものだが、光がさして自分の状態がはっきりと把握できるときには、朗人はひどく落ちこむのだった。仕事もしていない、簡単な勘定さえできない、言葉を忘れていくので本を読むのさえしんどい。もうあとは死ぬのを待つだけだ。おれはどんどんバカになる。

いかにも憎々しげに、夫は美砂にいうのだった。おまえはおれのことを哀れんでいるのだろう。気の毒な男だと思っているのだろう。こんながまんもあと数年で、全部が終わったら清々として、ひとりで生きていくのだろう。妻に死なれた男はみな早死にするが、夫に死なれた女は忌々しいくらい長生きだ。

美砂はすべて病気がいわせる言葉だとき流していた。だが、さすがに夕食をはさんで悪口が二時間を超えると、夫のしつこい愚痴に耐え切れなくなった。

「そんなに悔しかったら、せいぜい自分も長生きして、わたしにうんと迷惑かければいいでしょう。いくらぼけても、このマンションと退職金の残りをもらうまで、あなたから絶対に離れないからね」

美砂は血の気の失せた顔で無理やり笑って、新聞紙を引き裂いている夫にそういった。朗人は妻の激しい言葉には慣れていなかった。呆然《ぼうぜん》と廊下を去っていく美砂の背中を見送った。美砂はバスルームにいき、シャワーに打たれながら、声をあげて泣いた。

自分が強くならなければいけない。もう二度と夫に切れるのはよそう。十五分後、髪を洗ってバスルームをでると、廊下に朗人が立っていた。はずかしそうにいう。

「ごめんな、美砂。おれが悪かった。先にこれ、わたしておくよ」

夫がさしだしたのはマンションの権利書と朗人名義の預金通帳だった。

「おれ、最近銀行のキャッシュディスペンサーつかうのも、怪しくなってきた。番号とか手順とか、わかんなくなるんだ。もう美砂に預けておく。そいつの暗証番号は美砂の誕生日だ。九月二十五日で、0925だから」

もうこらえられなかった。美砂は朗人のまえではめったに泣かなかったが、そのときは胸に飛びこんで泣いてしまった。涙は不思議だ。シャワーを浴びたときにすべて泣きつくしたと思っていたのに、またあふれてきたのだ。

「おいおい、もうやめてくれ。こっちまでもらい泣きしちまう。泣きすぎると頭が痛くなって、脳細胞がたくさんやられてしまう気がするんだ。美砂までバカになるぞ」

美砂は夫の胸でいった。

「いいよ。わたしもちょっとバカになりたいから。しばらくこのままでいて、お願い」

朗人の計算はようやく終わったようだった。

先ほどの小銭に千円札を足して、このカフェの代金を用意している。六百円のホットココアが二杯に、消費税をあわせて千二百六十円。それくらいの計算も今の朗人には、全能力を振り絞らなければ解けない難問だった。

ウエイターを呼び、テーブルで会計をすませた。ふたりは外国人客が半分を占めるオープンカフェをでて、また日ざしのあたる表参道にもどった。休日なので、祭りのような人出である。若いカップルを見るのは、いつだってなかなかたのしいものだ。

「そういえば、今日は何日だっけ」

美砂の心は暗くなった。日時と場所の感覚が薄れる。それはこの病気の症状のひとつである。

「勤労感謝の日。十一月二十三日よ」

夫の顔色が変わった。頬がかすかに染まって、輝くような笑顔になる。

「いやっ、そいつはよかった」

そういうとずんずんと歩きだしてしまった。大型犬のように夫に手を引かれ、美砂はつんのめってしまった。

「どこにいくの」

「うちだよ」

「今日はなにかあったかしら」

予定はなにもなかったはずだ。夫は振り返るといった。

「美砂はおれが病気になって、もうぜんぜん女にもてないと思っているだろ。でも、そんなことないんだぞ。今日はこれからデートなんだ。それも若い美人と」

「なにを冗談いってるの。ひとりででかけるのも、むずかしいくせに」

「古女房相手に時間を無駄になんかしていられない。さあ、帰るぞ」

夫の余裕の表情が小憎らしかった。ぐいぐいと引き立てるように朗人は自宅にむかっていく。いったいこの人はなにがしたいのだろうか。ひとりで外出するなど、とても困難な状態なのに。デートで女性をリードするのは、今の朗人には七桁《けた》の数字の足し算よりも難事業のはずだ。

美砂は不可解な気もちで、夫に続いて表参道を右に曲がった。

朗人の言葉は冗談ではないようだった。

部屋にもどると、クローゼットを開けて、クリーニングの袋にはいったままのスーツをとりだした。会社を辞めてからは袖《そで》をとおすことはなかった濃紺のスーツである。

「シャツはどこにあるんだ」

「あなた、本気でデートにいく気なの」

夫はあわてているようだった。

「本気もなにもない。今日の三時に待ちあわせをしてるんだ。素敵な人だ。きっと美砂も気にいるぞ」

どうして自分が夫の浮気相手を気にいらなければならないのだろうか。失礼な話である。

「それより、シャツをだしてくれ。あのブルーのストライプのシャツがいいな」

誕生日に美砂がプレゼントしたナポリ製のワイドスプレッドのシャツだった。美砂はクローゼットの棚からシャツを抜くと、朗人の胸に押しつけた。

「はい、どうぞ。お好きなようにデートしてきたら。わたしはもうしらないからね」

これだけ毎日あれこれと面倒をみているのに、妻をさしおいてデートとはなんということだろうか。わたしとでかけるときは、スーツなど絶対に着ないくせに。美砂は腹を立てて、リビングに移動した。テレビをつけたが、休日の番組はろくなものがなかった。しかたなく緑の芝がきれいなゴルフ中継にしておく。なにがパーで、なにがバーディだ。くだらないスポーツである。

五分ほどして、困った顔で朗人がやってきた。首にネクタイをかけている。

「悪いんだけど、美砂。ネクタイの結びかたを教えてくれないか。すっかり忘れてしまったみたいだ」

しかたなく美砂は立ちあがり、夫のネクタイを固く固く結んでやった。

黒い革靴のひもを結びながら、朗人が背中越しにいった。

「今夜はあんまり遅くはならないと思う。じゃあ、いってくるから」

ほんとうに若い女とデートなのだろうか。ほとんど一日中、朗人とはいっしょなのだ。いったいどこで相手を見つけたのだろうか。流行の出会い系サイト？　美砂の心中は穏やかではなかった。

朗人は立ちあがると、玄関わきにさげてある鏡で身だしなみを確かめた。ネクタイの曲がりを気にしている。

「ちょっときついみたいだけど、ネクタイってこんな感じだったっけ」

腕組みをして、美砂はうなずいた。

「そんなものよ。もっときつくてもいいくらい。それよりあなた、今日はどこで待ちあわせしているの」

　夫は上機嫌だった。半分白い頭にはきれいに櫛《くし》の目が残っている。整髪料をつかったのだろう。いやらしい。

「秘密だけど、美砂なら教えてもいいだろう。銀座だよ、待ちあわせの場所は和光《わこう》のまえ」

　和光のまえ？　それも勤労感謝の日に。美砂の心にひとつ引っかかることがあった。

「まあ、いいから。じゃあ、ちょっといってくる」

「迷子になったら、携帯に電話してね」

「はいはい」

　スチールの扉ががちゃりと閉まった。美砂はおおあわてで寝室にいき、自分もスーツに着替えた。サンドベージュのツイードのシャネルもどきである。

（あの人はもしかしたら……）

　胸が騒いでしかたなかった。朗人が家をでて十分後、美砂はしっかりと玄関の鍵《かぎ》をかけた。

地下鉄の表参道駅には、朗人の姿はなかった。夫からの連絡もない。美砂は銀座線でまっすぐ目的地にむかった。銀座駅に近づくたびに乗客が増えていく。日本一の繁華街だし、祝日なのだから無理もなかった。誰もが普段よりすこしめかしこんで、すこし姿勢がいいように見えるのは、銀座という街の力かもしれない。

銀座駅でおりて、エスカレーターと階段をつかい、四丁目の交差点にあがった。歩行者天国なので、通りは幅の広い公園のようだ。道路の中央には日傘とテーブルのセットが点々とおかれている。

美砂は和光のビルに目をやった。ショーウインドウのまえの歩道に、朗人が立っていた。何度も腕時計を確認している。若い女などくるはずがないのだ。頭上を見あげると、時計台の時間はちょうど三時だった。

(そうだ。あの日もやはり三時だった)

美砂はゆっくりと自信に満ちた足どりで、ハイヒールの音も高らかに夫のもとにむかった。

「お待たせしました」

美砂が軽く頭をさげると、朗人はあわてて手を振った。

「待ってなんかいませんよ。こちらも今きたばかりだから。塚原《つかはら》さん、そのスーツ素敵ですね。さすがにセンスがいいな」

歯の浮くようなほめ言葉だった。結婚まえの朗人はこんな話しかたをしていたのだろうか。もう結婚して三十年近くになるので、そんな昔のことは忘れてしまった。でも、この人の頭のなかでは、現在も過去もないのだろう。その証拠にわたしのことを、旧姓の塚原と呼んだ。朗人との最初のデートの待ちあわせは、この銀座和光の時計台のしただった。それも勤労感謝の日の三時である。この人には現在の妻と二十代なかばの独身時代のわたしの区別がつかないのだ。朗人は頬を赤くしていった。

「さて、今日はどうしましょうか。よろしかったら、ちょっと銀ブラをして、お腹が空《す》いたら鮨《すし》でもたべにいきましょう。なかなかうまくて安い店をしっているんです」

記憶は不思議なものだった。この人はあのときの青年と同じ台詞《せりふ》を繰り返している。

「じゃあ、デパートでものぞきますか」

朗人が先に歩いていく。銀座の石畳は昔とすこしも変わらなかった。美砂は人生の半分以上をともにした夫のあとを弾むようについていった。四丁目の交差点の信号が青に変わる。それからにぎやかな祝日の夕べ、ふたりのもう若くない男女は二度目の初デートをたっぷりとたのしんだ。

火を熾《おこ》す

十二月の公園に焚《た》き火の煙が流れていた。

遅い午後の日ざしを透かす白い煙は、木の幹の影で縞模様《しま》になっている。

今日は平日なので、コンクリートブロックやこぶし大の石で組まれた炉はふたつしかなかった。そのひとつに近所の子どもたちが湿った落葉をくべるので、盛大に煙があがっているのだ。

(目が痛くてたまらんな)

アウトドア用の折りたたみ椅子に腰かけていた磯谷光弘《いそたにみつひろ》は、よっこらしょと声をあげて立ちあがった。若いころはそんなことをするのは年寄りだけだとバカにしていた。それが無意識のうちに、自分でも声をあげてしまうのだ。いつまでも若いと思っていたのに、もう定年退職して五年になる。よっこらしょも、あたりまえだった。

「おいおい、ちゃんと火があがるまえに、そんなに落葉をいれたらダメだぞ」

男の子は三人だった。小学校高学年のようだ。リーダー格の背の高い子どもが、光弘の腕を見た。そこには黄色い腕章がまいてある。赤い英文はPLAY MASTER。この区民公園のボランティアだった。

光弘は地面に落ちていた木の枝を拾って、落葉のしたに雑然と積まれた材木を揺すった。あまりに積みこみすぎて、すき間があいていないのだ。

「火を熾《おこ》すには、空気がたくさんいるんだ。無闇に木をくべれば燃えるというものじゃないんだよ」

積みあがった木材をばらして、木の枝の先を一番底にある角材のしたにいれた。力をこめて角材をもちあげ、思い切り息を送った。落葉が真っ赤になると、煙が透明になった。さらに息を吹きこむ。光弘の額に血管が浮きあがった。木材のあいだに溜《た》まった落葉が怒ったように赤い光を放った。もうすぐだ。光弘は自分の顔も真っ赤にして、さらに息を吐いた。ゆらりと小指の先ほどのちいさな炎が、茶色いケヤキの枯葉のうえで躍った。三人の男の子が歓声をあげた。

「すげーな、さすがプレイマスター」

こんなことはなんでもなかった。昔は東京でも空き地で自由に焚き火くらいできたものだ。この子たちは経験がないからわからないだけである。光弘はリーダーの少年にいった。

「あっちにある団扇《うちわ》をとってきてくれないか。あともうすこしあおげば、立派な焚き火になる」

冬でも半袖《はんそで》Tシャツに半ズボンの男の子が、矢のように資材小屋のほうに駆けていった。そこにはのこぎりや鉈《なた》やハンマーなどといっしょに、景品でもらうようなプラスチックの団扇がたくさんおいてある。この冒険広場では、プレイマスターにひと声かければ、どんな子どもでも道具をつかって、好きなように焚き火が熾せるのだ。角材や丸太を鉈で割って、薪《まき》をつくるのも自由だ。大人の目はあるけれど、少々のケガは自分の責任。子どもたちは自由に遊びまわっている。

光弘はもうひとつの焚き火を見にいった。こちらのほうは、木材がほとんど炭になっている。火を点《つ》けてから、一時間近くたっていた。炎はわずかしかあがっていないが、火力は強かった。光弘は公園にくる途中のスーパーで買ったサツマイモをアルミホイルにくるんだ。すき間があいていると焦げてしまうので、念いりに大人の腕ほどあるイモを包んで、真っ赤に燃える炭のあいだに埋めこんだ。

(三十分も放っておけば、うまい焼きイモができる)

資材小屋からスコップをもってきて、端のほうの炭をすくい、銀のホイルにかけてやった。木というのは一歩も動くことなく静かに立ち続けるだけなのに、驚くほどのエネルギーを溜めこんでいる。これほどの熱を放つのだ。人などはとてもかなわないほどの底力だった。揺らめく火は人の目をとりこにし、放射する熱は冬の身体を芯《しん》まであたためてくれる。

人間は動物で、自分の意思で自由に動けるというが、逆に不便なものだった。光弘の勤めていたのは大手の総合家電メーカーで、定年まで重電部門で働いていた。部長の手前までいったのだから、同期のなかでは中の上の出世というところだろう。退職後の仕事もすぐに決まった。発電プラントの保守をおこなう子会社である。そのまま五年働いて、年金までつなぐというのが、光弘と妻が描いた最後の人生設計だった。だが、その子会社がいけなかった。つぎつぎと親会社から送りこまれてくる定年退職者を採用しなければならない。売上は堅いけれど、人員はつねに過剰だった。若い上司はささいなミスで、二十歳も年上の部下を怒鳴り散らす。

光弘はこの公園の木々のように静かに耐えていることはできなかった。なんとか二年は勤めたが、それが限界だった。年寄りの首を切りたい会社の意向に沿うようで腹は立ったが、それ以上のがまんはできなかった。一軒家のローンも終わっている。幸か不幸か、子どもはいなかった。退職金もほぼ手つかずで残っているので、それからはこうして近所の公園でボランティアをしているのだ。妻のようになにもせずに趣味をたのしむというのは、うらやましいけれど自分にはとてもできない芸当だった。

火を見ていると時間がすぐにたってしまう。腕時計を確かめると、三十分がすぎていた。焼きイモは焦げていないだろうか。木切れでアルミホイルを炭のなかからかきだして、軍手で拾いあげた。もっていられないほど、熱い。ホイルを開くと、サツマイモの皮にいい具合に焦げ色がついていた。

ふたつに割ると、爆発するように湯気があがった。試しにひと口たべてみる。焼きイモの中心は黄金色に蒸されて、スイートポテトのようにとろとろに溶けていた。うまい。

光弘は両手に焼きたてのイモをもって、もうひとつの焚き火のほうへむかった。先ほどの子どもたちに加えて、もうひとりの子どもと暗い顔をした青年が増えていた。

「熱々の焼きイモができたぞ。たべるか、みんな」

三人の子どもが歓声をあげた。新しくきた子は、慎重に光弘のほうを見つめている。親にしらない大人と話してはいけないといわれているのかもしれない。やせて小柄な男の子だった。こちらも小学校五年生くらいだろうか。

光弘はイモを折っては、子どもたちにわたしていった。焚き火を眺めながらたべる焼きイモは最高のごちそうだ。

「ほら、坊主もくえよ」

ひとりだけ離れた男の子にホイルでくるんで、焼きイモのかけらをわたしてやった。

男の子は黙ってあごの先だけ沈めると、イモを受けとった。かすれた声でつぶやく。

「……熱い」

光弘はスクールカウンセラーでも、児童相談所の所員でもなかった。沈んだ様子が気になるが、男の子を放って青年のほうにむかった。

「あんたも、ひとつどうだ」

この不景気で職を失くしたフリーターだろうか。この三年間仕事をしていない光弘には、なにもせずにいることがいかにつらいかよくわかっていた。

「どうも、すみません」

黒いダウンジャケットを着た若い男がそういって手を伸ばし、イモを受けとった。光弘は男の指先を見た。細くてきゃしゃだ。すくなくとも肉体労働をしたことはなさそうな手だった。

それからはみななにもいわずに、焼きイモをたべた。大人ふたりと子どもが四人。視線はすべて、中央にある焚き火にむかっている。火を見ているだけで、退屈などかけらもなかった。同じものをたべているので、奇妙な一体感もあった。

光弘はそこにいる人間の名前を誰ひとりしらなかった。それでいいのだ。ここは誰もが自由に出入りできる都会の公園で、ルールさえ守っていれば、好きなことをしていい。やかましい上司も、面倒な職場の人間関係も、達成しなければならないノルマもないのだった。

一時間ほどして、子どもたちが熾《おこ》した焚き火も、炭が残るだけになった。放射熱はまだかなりのものだが、炎はあがっていない。西の木々の枝のあいだには、網目のように夕日が冷たく燃えている。三人組のひとりがいった。

「ぼく、そろそろ帰らなくちゃ」

男の子がとめてある自転車のほうにむかおうとした。光弘はいった。

「ダメダメ。焚《た》き火をこのままにしていったら、いけないんだ。一度火を熾したら、最後まで面倒を見ること」

「はーい」

素直な子どもたちだった。

「まずバケツに水を張ってくる。あまりたくさんはかけなくていいからな。それで残りのみんなは石組みでつかった石を元の場所にもどしておく。最後に火が消えたのを確かめてから、シャベルで灰をすくって、むこうにあるドラム缶のなかに捨てる。いいか、この冒険広場を元どおりにして帰るんだ。そうすれば、明日もまた気もちよく焚き火ができる」

光弘はここで一日いくつの焚き火の後片づけをしているだろうか。ほとんどの子どもや大人はきちんと手はずを踏んできれいにしていくが、二割ほどはそのまま放置して帰ってしまう。なかには好きなだけ薪を投げこんで、火のついたままの盛大な焚き火を残していく者もいた。太い角材を芯まできちんと燃やすには二時間近くかかるのだ。

子どもたちはおおよろこびで、後片づけに取り組んだ。内気な男の子と青年だけが、ぼんやりと立っている。

「おーい、そっちのふたりも手伝ってくれ」

声をかけると、少年はのろのろと動きだした。両手でコンクリートのかけらをもって、ごろごろと焼けた石が積んである柵《さく》のほうに運んでいく。青年はまだぼんやりと立ったままだ。

「おい、兄さんも手伝ってやれよ」

青年はいきなり質問してきた。

「あの、プレイマスターって、給料はでるんでしょうか」

光弘はちらりと青年に目をやった。思いつめた表情をしている。

「いや、区のほうからほんのすこし補助をもらってるが、こちらにはぜんぜんまわってこない。若い者がたべていくのは無理だ」

「わかりました。ぼくも手伝わせてもらいます」

青年は素手で炭がついて黒く汚れた石を運び始めた。まじめな男で、性格も悪くはないようだ。なんでもいいが、ひとつ作業をさせれば、その人間の腰が軽いかどうかはわかるものだ。灰をすくったあとの地面から、白い湯気があがっていた。子どもたちが落葉をかけると、さっきまで焚き火をしていた場所がどこだかわからなくなる。

光弘は青年をその日限りの手伝いだと思っていた。だが、青年はそれから毎日のように冒険広場にやってくるようになった。


翌日はひどく寒い一日になった。凍った針のように冷たい雨が、広場を音もなく濡《ぬ》らしている。公園にはほとんど人影がなかった。光弘は当番だったので、服のしたに冬山用の下着を着こんで、また公園にむかった。

資材小屋の鍵《かぎ》を開け、広場を見まわった。さすがに夜半から降りだした雨のせいで、真夜中に焚き火をするような不届き者はいなかった。青いビニールシートにロープを結び、木々のあいだに雨よけを張った。今日はこのシートのしたで、なんとか時間をやりすごし、夕方早めにあがろう。

寒いので火を熾そうと、炉を組み始めたときだった。うしろから声をかけられた。

「こんにちは」

昨日の青年だった。同じ黒いダウンだが、したはジーンズではなく、化繊のトレパンだ。

「ぼくも手伝います」

手には新しい軍手をはめていた。いっしょに石を運んでくれる。

「すまないな」

黙々とこぶし大の石を運び、円形の炉を組んだ。丸めた新聞紙のうえに三角形に細かな木片を重ね、そのうえに太い枝や材木を積みあげた。青年が興味深そうに見ているので、光弘は簡単に火の熾しかたを説明してやった。

準備ができると、百円ライターで新聞紙に火をつけた。一瞬白い煙があがるけれど、すぐに木屑《きくず》に燃え移り、透明な炎があがる。

「うまいもんですね」

青年が火を見ながら、たのしげにいった。

「そうだな。毎日やってるから、嫌でもうまくなる。煙をなるべくでなくするのがいいんだ。コツは火を移す順番と、空気をとりいれる道をつくってやることだな。ところで、兄さんの名前は？」

きっとこの青年は今日も一日いるつもりなのだろう。名前をきくのは、こういう場所ではむずかしいことが多かったが、名なしのままいっしょにすごすこともできない。青年は礼儀ただしくいった。

「村島治朗《むらしまじろう》といいます」

十二月のいそがしいときに、二日連続で公園で焚き火をしているくらいなのだ。きっと仕事をしていないか、首を切られたフリーターだろうと光弘は考えた。仕事のほうまできくのはやめておこう。けれど、治朗のほうで先に気をまわしたようである。

「仕事は事務機器メーカーの会社員です。お恥ずかしい話ですが、休職してもう二週間になります。ぼくは心の病いなんだそうです」

光弘は人を人としてあつかわない会社という場所のことを考えた。自分もあの会社を辞めるまえの数週間は、夜も寝られなかった。

「わたしは兄さんの父親でも上司でもないんだから、無理して話をすることはないんだぞ」

手近にあった廃材を地面に立てた。どこかの家の柱につかっていたものだろう。二十センチ角はある立派なものだ。狙いをつけた鉈《なた》を、ドスンと落とす。刃がくいこむと廃材ごともちあげて、再び地面にたたきつけた。二度、三度とやっているうちに、みしりと音がして、廃材がふたつに割れた。

「それ、おもしろそうですね。ぼくにもやらせてください」

なぜ男は木を割るのが好きなのだろう。光弘はうなずき、つかい古して刃が黒くなった鉈をわたしてやった。

「そんな仕事でよかったら、いくらでもあるよ。兄さんは今日はひまなのか」

「ええ、毎日が日曜日です」

笑ってそういうと、治朗は鉈を振りおろした。廃材の端をかすめて、刃先が地面にめりこんだ。

「やってみると意外とむずかしいもんですね」

光弘はうなずいていった。

「いいや、ただの慣れだ。兄さんがやってくれるというなら、山のように木材はあるからな。一日そうやっていれば、明日には名人になってるさ。手はマメだらけになるけどな」

この公園には焚き火用に建築廃材をくれる会社がいくつかあった。フローリングの床や柱、建具などが屋根つきの資材置き場にトラック一台分ほど積んである。時間のあるときは子ども用に薪をつくっておくのも、プレイマスターの仕事だった。

「わかりました。お手伝いをさせてもらいます」

治朗はそれから二時間ほど、無言でのこぎりと鉈をつかった。木材を運び、切り分け、太すぎるものは鉈で割り、資材置き場の隅に積みあげていく。いつのまにかダウンジャケットを脱いで、薄いトレーナー一枚になって、青年は働き続けた。

炉の隅に炭を集めて、光弘はまたイモを焼いた。こんなことなら、ステーキでもよかったかもしれない。パンを焼き、あいだにからしと塩をたっぷり振った肉をはさんでたべれば、いい昼食になっただろう。

光弘は青年の事情をそれ以上はきかなかった。青年も自分からは話そうとしない。ちょうどイモが焼けたころだった。また昨日の男の子がやってきた。三人組の仲間でなく、ひとりきりだった内気な子である。少年は無言で焚《た》き火のそばに立って、手に傘をもっている。光弘はいった。

「よう、いいところにきたな。もうすぐイモが焼けるぞ」

男の子の目にはなんの感情もなかった。レンズのような目が、こちらをむいただけである。都会の公園ではこういう子どもが最近増えていた。話しかけても、泥水に石でも投げたようにずぶずぶと言葉が沈んでいく。こちらの意思が伝わっているのか、話がわかったのかさえ予測できない反応だった。

「ちょっと傘貸してくれないか」

男の子は無表情なままビニール傘をさしだした。光弘は受け取ると、頭上のビニールシートをつついた。屋根のように張った中央に丸々と雨水がたまっている。

「洪水いくぞ」
一、二の三で、水を揺すり落とした。バケツ数杯分の雨水がざぶりと音を立てて、地面にたたきつけられた。男の子は初めて感情を見せた。声をあげて笑ったのである。
太い角材を焚き火のまえにおいて、そこに三人で横並びに座り、焼きイモを分けた。焚き火で蒸し焼きにしたイモは、電子レンジであたためた市販のものとは香ばしさが違う。さしてサツマイモ好きではない光弘さえ、おとなの腕の半分ほどあるイモを平らげてしまうのだ。

「今日は三人だけだから、スペシャルにしよう」

デイパックのなかからバターをとりだす。

「みんな、自分のイモをだしてみろ」

治朗も男の子もいきいきとした表情で、アルミホイルをさしだした。光弘はおおきなイモをバターナイフで半分に割った。湯気のあがる切れ目に、バターの塊を押しこんでやる。黄金色の液体がとろとろになったサツマイモにしみていく。

「こいつをくったら、もうカフェのケーキなんて目じゃないぞ」

自分でもバターのついたイモをひと口頬ばった。バターの塩味とサツマイモの甘味が溶けあって、文句なしにうまい。男の子も治朗も夢中でたべていた。光弘は満足すると、新しい薪《まき》をくべた。夕方まではまだまだ時間がある。この木が燃え尽きるころ、ちょうど今日の仕事も終わるだろう。

光弘は一本の柱が燃える時間を、時計代わりにするようになっていた。

つぎの日は重い曇り空だった。

空は鉛色に鈍く光って、地面には雲の影も落ちていない。雨降りの前日よりも冷えこんで、気温は零度を二、三度うわまわるだけだった。光弘は公園の近くのスーパーで、パンとステーキ肉を買っていた。またあのふたりはきっとくるだろう。そんな気がしてならなかった。前日、男の子と治朗はすっかりあたりが暗くなるまで冒険広場にいて、しっかりと後片づけをして帰っている。

光弘が公園に着いたときには、治朗と男の子はすでに石を組み始めていた。普段はせいぜい二段くらいの低い炉だが、ふたりで工夫してひざくらいの高さまで丸く炉を組んでいた。治朗が明るい声でいった。

「おはようございます。この子は林壮太《はやしそうた》っていうんです。ぼくと同じで不登校だそうです」

「おはよう、そうか」

光弘は不思議だった。自分の目から見ると筋のよさそうな人間ほど、不登校だったり、長期休職をしていたりするのだ。今の日本で人並みに普通の組織に籍をおくのは、それほど困難なことなのだろうか。もう自分は一生組織の世話にはならないだろう。それがありがたくもあり、治朗や壮太にはすまない気にもなった。治朗が光弘に目配《めくば》せしていった。

「壮太、焚き火を自分で熾《おこ》してみよう。最初はどうするんだっけ」

壮太の声はひどく細く頼りなかった。

「火の点《つ》きやすい新聞紙を丸めます」

新米のプレイマスターが質問した。

「つぎは？」

「えーっと、細かな木切れをのせる」

「そうだ。それで最後におおきな薪を組む。一番大切なことはなんだっけ」

男の子の顔には笑みが浮かんでいた。歌うようにいう。

「煙をできるだけすくなくして、火のなかに空気の通り道をつくってやること」

「正解、じゃあいっしょに焚き火を熾そう」

人に教えられたことを、つぎの日には別な人間に教える。まるで自分の人生のようではないか。大切なことをひとつかふたつ、つぎの世代に伝え死んでいく。人間などそれだけでいいのではないだろうか。自分は子どもをもたない。金もたいして残せないだろう。だが、どれほど豊かな人間でも、人に残せるものには限りがある。

もう、このふたりはだいじょうぶだろう。そう思って、光弘は別な炉を組み始めた。


その日、冒険広場につくられた炉はみっつだった。

昼すぎに母親たちのグループがやってきて、ちいさな焚き火を熾し、割り箸《ばし》の先に刺したマシュマロを焼いてたべていったのだ。日が暮れるまえに、そのグループは帰ったので、暗くなるころにはまた三人だけが残された。

光弘はおおきな焚き火のまえで、廃材を薪にしているふたりに声をかけた。

「今日はよく働いたから、イモより腹にたまるものにしよう。ひと休みしたら、どうだ」

資材置き場の材木は、二日間の治朗の働きによって、半分ほどがきれいに長さのそろった薪になっていた。光弘はフライパンをとりだし、バターのかけらを投げこんだ。先にパンを刺した枝を焚き火を囲むように立てる。フライパンから煙があがると、丸のままのニンニクとステーキ肉をいれた。ステーキは強火でいいのだ。すこし焦げたくらいがうまいのだし、ばりばりと肉の焼ける音を恐れてはいけない。さして高くはないオーストラリア産の赤身だった。サシのはいった高級サーロインは年のせいか、まったくうまいとは思わなくなった。単純に牧草の香りがするような、筋肉質の赤身が硬くてもうまい。

「ステーキサンドですか。なんだか豪勢ですね」

治朗が手元をのぞきこんできた。

「そうだ。そこにあるキャベツを三分の一に切ってくれ」

冬キャベツの半玉はつけあわせに買ったものだ。治朗は慣れないナイフで、芯《しん》を残してキャベツを切った。光弘はパンのうえにステーキをのせて、まず壮太にわたしてやった。

「ほら、サラダだ」

片手にサンドイッチ、もう片方にキャベツの塊をもって、壮太はおかしな顔をした。

「このキャベツどうやってたべるの？　マヨネーズは」

光弘は笑った。

「そんなものはないさ。適当に塩をなすりつけてくえばいいだろ。いいから、ステーキサンドをひと口やって、キャベツをくってみろって」

つぎは治朗につくり、わたしてやる。こちらにはたっぷりとマスタードをいれてやった。壮太はステーキサンドを思い切りかじると、声をあげた。

「この肉うめー」

続いてキャベツに塩を振って、かぶりつく。ちいさな前歯からしゃきりと水を切る音がした。

「うわー、キャベツ甘えー」

治朗が少年にいった。

「そんなにうまいのか、壮太」

男の子は必死でうなずいて、サンドイッチをかんでいる。肉はうまいが、硬いのだ。

「じゃあ、ぼくも先に失礼します」

「ああ、ばんばんくってくれ。こっちはもう肉なんて、たいしてくう必要もないんだ。

なにせ年だからな。もう仕事をすることもないし」

光弘はゆっくりと自分の分のステーキサンドをつくった。焚《た》き火のそばで、自分のくいものをつくる。なぜ、これだけのことで心が満ち足りるのか。人間など単純なものだった。


食事のあと、あたりはすっかり暗くなった。三人は思いおもいの場所で、焚き火の暖をとっている。壮太は一日の重労働でさすがにくたびれたようで、地面に段ボールを敷いて横になっていた。光弘がぼんやりしていると、壮太と治朗がなにか熱心に話をしていた。学校とか会社とかいう言葉がきこえてくる。焚き火には新しい木は必要なかった。あとはきれいに灰になるまで、この炭を燃やしきってしまえばいい。まだ三十分はたっぷりかかるだろう。

「やっぱり小学校にはいっておいたほうがいいと思うよ。お母さんが心配する気もちは、よくわかる」

治朗の声だった。男の子にむかって諭すようにいう。

「でも、ぼくは学校が苦しくって。クラスで座ってると、息ができなくなっちゃうんだ。ほんとにへたくそな焚き火の煙をずっと吸わされているみたいなんだよ」

壮太の声は泣きだしそうだった。光弘は自分の最後の会社員時代を思った。確かにあそこは、焚き火の煙のように空気の悪いオフィスだった。壮太が重ねていった。

「ぼくにはそういうけど、治朗兄ちゃんだって、会社休んでいるんでしょう。だったら、ぼくと同じだよ」

確かに男の子のいうとおりである。頭で考えれば、学校にも会社にもいったほうがいいだろう。誰でもそんなことはわかっている。けれど、身体が拒否反応を起こしているのだ。人間はみな頭の判断だけで生きているわけではなかった。そんなことができるなら、自分もあのまま辞めずに働いておけば、今よりはすこし生活が楽になっただろう。贅沢《ぜいたく》は望まないが、すくなくとも長年連れ添った妻を毎年海外旅行に連れていくくらいの余裕はできたはずだ。光弘は黙っていようと、心に決めた。もう自分は引退した人間だ。これからは若い人同士で、考えて未来を決めていけばいい。

治朗の声は自嘲《じちよう》をふくんで苦かった。

「そうだね、ぼくもえらそうなことはいえない。会社が怖くて、あそこの人間関係が怖くて、二週間も休んでるんだもんなあ。もう出世コースはないんだろうな、きっと」

長い人生のなかで、二週間くらいなんだといいたかった。光弘は黙って鉈《なた》を振るい、薪をつくった。太い木の枝がはぜて、ぱちぱちと火の粉が飛んだ。治朗と壮太はあわてて、身体に飛んだ火の粉を払っている。いきなり笑いだしたのは、治朗だった。

理由は光弘にはわからなかった。突然始まった笑い声は、焚き火の炎に負けないほどの勢いでおおきくなって、しまいには腹を抱え、目に涙を浮かべながら青年は笑った。

「ははは、おかしいよな。ぼくは一昨日ここにくるまで、もう死んでしまおうって思っていた。会社にもいけないダメ人間なんて生きていてもしかたないって。それが、この公園でうまいイモとうまいステーキサンドをくったら、気が変わったんだ。今、見ただろ。火の粉が飛んだくらいで、熱いっておおさわぎだ。死ぬんなら、ちょっとくらいの火傷《やけど》なんてなんでもないはずなのに」

治朗が焚き火越しに光弘を真剣な目で見つめていた。それから、男の子に視線を移していう。

「なあ、壮太。ぼくが会社にいけるようになったら、壮太も小学校にいってみないか」

光弘は驚いていた。なにをいいだすのだろうか。治朗は光弘にうなずいていった。

「磯谷さん、ぼくと壮太の約束の証人になってください。ぼくはこれまで自分が損をするから会社にいかなくちゃいけない、ほかの社員に後れをとるから会社にいかなくちゃって、ずっとあせっていたんです。でも、どうしてもダメだった。だけど、自分のためじゃなくて、誰か人のためだったら、会社にもいけるような気がしてきたんです」

　六十年以上生きてきたが、光弘は証人を頼まれたことなど初めてだった。

「弱ったな。わたしはただのプレイマスターで、人さまの人生をどうこうするなんてできないよ」

　壮太が右手にキャベツの芯をもったままいった。

「そんなことないよ、磯谷のおじさんは焚き火の名人だし、料理の名人だし、ぼくはいっしょにいるだけで、すごくたのしかった」

　治朗もうなずいている。

「この三日間、ほんとうにお世話になりました。ここの焚き火はほんとうにあたたかかった。ただ身体をあたためるんじゃなくて、心の底まで照らしてくれる光でした。ぼくはいつか会社を辞めて、リタイアする日がきたら、磯谷さんみたいなプレイマスターになりたいと思います。まだ四十年近く先かもしれないけど、本気です」

　煙が目に沁《し》みたようだった。光弘は目に涙がにじんで困った。

「明日、会社に電話して、来週から出社すると伝えます。なあ、壮太、もし兄ちゃんが一週間会社でがんばれたら、おまえも小学校いくんだぞ。約束だからな」

男の子は段ボールのうえであぐらをかき、腕組みして考えていた。しばらく炎を見つめるといった。

「わかった。なんだか怖くて悲鳴がでちゃいそうだけど、約束だから、がんばってみる。じゃあ、みんなで指きりげんまんしよう」

焚き火を囲んで三人で小指を結んだ。ひとつは六十代の枯れ枝のような指、ひとつは青年の若木のようなまっすぐな指、そして一番短く瑞々《みずみず》しいのは五月の新緑のようにつるつるとした子どもの指。

不思議な話だと、光弘は思った。十二月の三日間で、こんなふうにまるで他人の心が結ばれることがある。きっと焚き火の炎が人の心を溶かすからなのだろう。火には人を深いところで変える力があるのだ。光弘は追われるように会社を辞めたあの冬を思いだしていた。あのときも毎日新たな火を熾《おこ》すことで、なんとか沈みがちな心を保てたのではないだろうか。

壮太がキャベツの芯《しん》を焚き火のなかに投げこんだ。勢いよく火の粉があがり、公園の夜空に舞っていく。

「でも、ぼくが学校にもどるまでは、まだ一週間以上あるんだよね。だったら、ぼくは毎日ここにきて、焚き火を熾すよ。磯谷さんの手伝いをしたいから」

もし自分に孫がいれば、このくらいの年になっているのだろうか。光弘は不登校の少年の顔をよく見た。煤《すす》ですこし黒くなっているが、実に利発そうな顔をした子どもだ。治朗も炎で顔を赤く染めていう。

「ぼくも日曜日までは、ここにかよわせてもらいます。だけど焚き火って、すごい力がありますね。ここにきた三日間、誰にもなんにも相談もしなかったし、ずっと悩んでいたわけでもないのに、いつのまにか自分のなかにこたえがでている。なんだか火を熾すのが癖になっちゃいそうだ」

光弘は笑って、燃えている薪の形を直した。いつも新鮮な空気を送ってやること。炎と人の心は似ているのかもしれない。だから、焚き火の熱が人にのり移るのだろう。

今年の冬がうんと寒くなるといいなと光弘は思った。そうなれば、たくさんの人がこの公園に生きた炎をたのしみにやってくることだろう。光弘はじっとしていられなくなって、手元にあった小枝を炎のなかに投げこんだ。枝先の枯葉がちりちりと丸まりながら燃えていく。焚き火に一番いい季節が始まろうとしていた。たくさんの人々が火のあるところに集《つど》う冬だ。

出発

がたりと玄関から物音がした。

川西晃一《かわにしこういち》は布団のなかで目を覚ました。枕もとの目覚まし時計に目をやる。五時十五分、まだカーテンに朝日はさしていなかった。泥棒かもしれない。

「おい、起きろ。玄関に誰かいるらしい。ちょっと見てくる」

となりの布団で、妻の亜紀子《あきこ》がこちらを見ていた。また苦しい夢でも見たのだろう。起きたとたんに眉《まゆ》のあいだに深いしわが刻まれている。もっとも更年期障害を訴えるようになってから、妻の表情は晴れたことがなかった。体調が悪い、腰が痛い、身体が火照ると不定愁訴《しゅうそ》ばかり口にしている。

浅い春で、夜明けは冷えこんでいた。晃一はパジャマのうえにフリースを着こんで、足音を殺し玄関にむかった。コンクリートのたたきの隅には、こんなときのためにひとり息子の遼治《りょうじ》が中学の遠足で買ってきた木刀が立てかけてある。

晃一は薄黒く時間の染みた木刀を手にして、サンダルをはいた。玄関の扉は和風の引き戸で、曇りガラスが中央にはめこまれている。鍵《かぎ》はきちんとかかっていた。

「いったいこんな時間に誰だ」

いつまでも若いと思っていた自分も、もう五十一歳である。体力の衰えは自覚していた。廊下にはカーディガンを羽織った亜紀子が震えながら立っている。恐怖を見せるわけにはいかなかった。もう一度、さらに腹の底に力をいれて、叫んだ。

「うちには財産などないぞ。もの盗りなら、よそにいけ」

冷たい汗で手のなかの木刀が滑った。引き戸のむこうから返事はない。口がきけないのか、それとも日本語がわからない人間なのか。晃一が一歩踏みだしたとき、がらがらと扉が鳴った。

「きゃー!」

妻が背後で悲鳴をあげていた。晃一も総毛だっている。曇りガラスのはまった格子になにかがあたりながら落ちていく音だった。

「何者だ、貴様」

晃一の腰は引けていたが、声だけはおおきかった。そのまま一分間、木刀を正面にかまえて固まったまま、玄関の外の様子を探った。なんの動きも見えず、音もきこえない。不審な人物はいってしまったのだろうか。晃一は引き戸に近づき、鍵のうえについたのぞき穴に目をあてた。数歩分しかない短いアプローチの先に、開きっ放しのアルミの門が見えた。人の姿はない。

勇気を奮い起こして鍵をはずし、ゆっくりと引き戸を開いた。夜明けの冷えた空気が素足に流れこんでくる。玄関先には誰もいないようだ。晃一は振りむいて、妻に声をかけようとした。

「まったく人騒がせな……」

亜紀子が素足のまたたきにおりてきた。叫んでいる。

「遼治、あなた、遼治でしょう」

妻は夫を押しのけ、玄関まえにしゃがみこんだ。晃一もようやく気づいた。黒いダウンジャケットを着た青年がそこに倒れていた。かなり着古したもののようだ。肩と腰のところに同色のガムテープが貼られていた。きっと穴でも補修したのだろう。妻が息子を揺さぶっていた。

「遼治、起きなさい。どうしたの、なにもいわずに」

晃一も倒れている遼治のわきに座りこんだ。額を地面につけたまま、意識を失っているようだ。首筋に手をあてた。心臓は動いているが、身体はひどく冷たい。顔色も玄関先のコンクリートと変わらなかった。

「とりあえず、部屋にあげて布団に寝かせよう」

亜紀子は変わり果てた息子に涙を流していた。両脇に腕をさしいれて、晃一は自分よりも背の高い息子を引きずった。意外なほど、軽い身体だった。まだ二十代なかばなのに、なにをたべているのだろう。苦労して玄関にあげ、居間に運びこんだ。遼治の部屋は昔のまま二階にあるのだが、さすがにひとりでは階段を担ぎあげられなかった。

亜紀子はおろおろとして、なにをしていいのかわからないようだった。

「遼治が死んでしまう、うちの子が死んで……」

「いいから、布団を敷いてくれ」

肩で息をして、晃一は息子の身体を畳のうえに横たえた。穴が開いているのはダウンだけではなく、ジーンズも同じだった。全身が泥と土ぼこりにまみれている。

「救急車を呼ばなくちゃ」

「そんな恥ずかしいことができるか。しばらく様子を見よう」

晃一は亜紀子の敷いた布団に上着を脱がせた息子を寝かせた。毛布をかけ、居間のエアコンの暖房を最強にした。先ほどふれた身体は氷柱《つらら》のように冷たかった。不景気とはいえ、豊かな現代に行き倒れになることがあるのだろうか。晃一は腕を組んで布団の横に正座し、なすったように頬に泥をつけた息子を見つめていた。

遼治は川西家期待のひとり息子だった。

晃一は父としてやれることはすべてやってやるつもりだった。誰にも迷惑をかけない、礼儀正しい子ども。よく本を読み、自分からすすんで疑問を解決できる子ども。当然ながら、成績は飛び抜けてよくなければならない。小学校までの遼治は、晃一の自慢の種だった。どの学年でもクラス委員を務め、六年生では全校を束ねる児童会の議長になった。やさしく思いやりがあり、学校の成績がいいだけでなく、自分の頭できちんと考えることのできる男の子だった。

このままいけば、どこまで伸びていくのだろうか。晃一にそう期待させた遼治は、中学にはいってから変わってしまった。なにかと親に反抗するようになり、ろくに家では口もきかず、親と目もあわせなくなった。きっかけは中学受験の失敗だった。晃一は遼治の実力よりも、二段も三段も高い偏差値の中高一貫校を無理やり受験させたのだ。

「口先だけなら、なんとでもいえる。だが、日本の社会は学歴がものをいうのは事実だ。その後の一生を考えるのなら、会社は大企業でなければダメだ」

東証一部上場の住宅メーカーに勤める晃一には、密《ひそ》かな誇りがあった。おおきな仕事をして、人なみ以上の給与を得るには、大企業にいかなければならない。そのためには一流の大学で学ぶことが欠かせない。

中学受験に失敗して、ますます勉強に熱をいれさせようとする父親と、自我の目覚めを迎えた息子。反抗がいつしか、とり返しのつかない拒絶になるのに、時間はかからなかった。

亜紀子がぬるま湯で絞ったタオルで、遼治の顔を清めていた。父親とは違って神経質そうな顔をしている。きっと更年期うつに悩む母親似なのだろう。

「こんなにやつれてしまって、かわいそうに……あなたが遼治に厳しくしすぎるから」

「わたしのどこが厳しかったんだ。見てみろ、世のなかのほうがずっと遼治には厳しいはずだ。あちこちの工場で、いいようにつかわれて。こいつは負け犬だ。尻尾《しっぽ》を巻いて逃げ帰ってきた負け犬だ」

遼治は普通高校を卒業したが、大学にはいかないといい張った。好きなゲームや音楽の世界で生きていくという。才能もないくせにむりな夢を見るなと、晃一は厳しくはねつけた。自分で派遣先をみつけてくると、遼治は工場の寮にはいるといって、家をでていった。それから五年間。妻にはちょこちょこと連絡をいれていたようだが、晃一にはひと言もなかった。正月でも夏休みでも、家に帰ってきたことはない。まとまった休みは働いてためた金をもって、タイやインドネシアやベトナムなどアジアで貧乏旅行をするのが趣味だという。未来を考えない、道楽三昧《ざんまい》の生活だった。

「負け犬って、なんですか」

亜紀子の声は低いが、迫力があった。

「自分の息子によくそんなことがいえますね」

「当然だ。こいつの顔を見てみろ。いい年をした大人が栄養失調で倒れる。つらくなったら生家に頼るなど、負け犬のすることだろう」

息子のことが心配でたまらなかったが、晃一にはそんな言葉しか口にできなかった。亜紀子は口をとがらせたが、ひと言もいい返さなかった。夫婦の会話はいつも一方的である。遼治は苦しげに寝息を立てていた。かさかさに乾いた唇が紫になっている。

「わたしはそろそろ出勤の準備をする。もう眠る気になれないからな。朝飯にしてくれ。ついでに、遼治におかゆでも煮てやったらどうだ」

のろのろと亜紀子が動きだした。台所から水音がきこえたのは、数分後のことである。この何年か妻の動作は老人のように遅くなっていた。晃一は腕を組んだまま、しばらくひとり息子の眠る布団の横に座っていた。

眠っている横顔に、どうしてもかわいい盛りだった小学生時代の息子を重ねてしまう。自分はなにを間違ったのか。なぜ、この子は素直に親のいうことをきけずに、危険で損をする道ばかり選んでいくのか。無数の疑問が頭を去らなかった。

晃一の住む郊外の住宅地から、東京八重洲《やえす》にある勤め先までは一時間と十分かかった。中央線一本でいけるので、時間はともかく、通勤はさしてつらくはない。だいたい人が生きていくためには毎日会社にかようのがあたりまえなのだ。通勤程度で文句をいってはいられなかった。

自社ビルの六階にある人事部で、窓を背にして座った。晃一は長らくリクルート課で新卒者の採用を担当している。部長は四歳うえの五十五歳、順当にいけば来年には取締役にあがることだろう。晃一の役職は四人いる部長補佐で年功の順では、三番目ということになる。この会社でも中高年の社員数に対して、ポストは足りなかった。

よく晴れた八重洲のビジネス街は、なかなかの見物《みもの》だった。不景気は間違いないが、東京都心ではいまだにオフィスビルの建設ラッシュが続いている。春の晴れた空のした、すっきりとデザインされたガラスと金属のビルが立ちならぶ光景は、洋画のオープニングの空撮シーンのようである。

だが、その場面を背にして、執務を始めた晃一には仕事がなかった。昨年来の金融危機で、住宅の着工数は激減している。今年は早々に新卒採用はゼロと重役会議で決定されたのだ。こんなことは十年以上まえの山一ショック以来なかったことだった。前年度にはたいへんな売り手市場で、晃一自ら各大学の就職課にでむき、いい学生の紹介を頼んでまわったのである。たった一年で経済は、奈落《ならく》の底まで落ちている。今年は大学のほうから推薦がたくさん集まったのだが、すべて断ることしかできなかった。大学の就職課には気心のしれた人間も何人かいるので、それは気の重い仕事である。

経済新聞を読み、すでに目をとおした報告書を再度ていねいに読んだ。今日は会議もないし、外まわりの用事もない。さて、どうやって時間を潰《つぶ》そうか。迷っていると、机の電話が鳴った。

「はい、川西です」

「ああ、今日の午後は空いているか。四時から緊急のミーティングがあるんだが、どうしてもはずせない用件がある者以外は、出席してほしい」

人事部長の平本《ひらもと》だった。

「わかりました。場所はどちらですか」

「最上階の催事室だ。人事部の四十代以上の人間にも、同じことを伝えておいてもらいたい」

「はい、失礼します」

晃一は近くにいる部下に声をかけた。

「緊急のミーティングだ。四十代以上の人間は、マストで出席してくれ。今席を離れている連中にも必ず連絡しておくこと、わかったか」

まだ三十代初めの主任が顔をあげた。

「了解です。でも、この時期緊急ミーティングって、なんですかね」

「わからない。うちの社長お得意の精神的な底力の話じゃないか。この危機を全員で一丸となってのり切ろう。まあ、よくわからないがな」

晃一は経済新聞に目をもどした。昨年十月から春までに失職する非正規社員十五万八千人、正社員九千九百人。内定の取り消しは千五百人を超えるという。これはひどい事態だ。だから、遼治にはいっていたのだ。いつまでもフリーターではいけない。どこでもいいから、大企業に正社員として潜りこめ。

晃一は新聞をコピーして、その記事を切り抜き、雇用情勢や採用関連の記事が集められたスクラップブックにていねいに貼りつけた。

最上階は二十二階だった。窓の外には改装されたばかりの東京駅八重洲口とたくさんのホームが見えた。日本有数のビジネス街に夕日があたり、透明なオレンジ色の幕がかかっている。カーペットの敷きこまれた催事室は、本来パーティ用の部屋だった。天井高は通常の二階分あり、豪華なシャンデリアがさがっている。

体育館ほどもあるフロアにびっしりとパイプ椅子がならんでいた。四時数分まえに、ほぼ席は埋まっている。こうして見ると、やはり日本の会社は男性中心だった。四十代以上では、女性の数は二割にも満たない。

正面にあるステージには、社長と取締役が三人、同じパイプ椅子に一列になって座っていた。人事部長の平本があらわれて、演壇のマイクにむかった。

「では、緊急ミーティングを始めます。まず最初に鶴岡《つるおか》社長の挨拶《あいさつ》です」

小柄だが、異様なエネルギーを感じさせる男だった。六十五歳をすぎて、愛人がふたりいるという噂を納得させる磁気がある。甲高い声で社長が語りだした。

「昨今の世界金融危機が波及して、日本の実体経済も激烈な下降圧力を受けています」

おや、おかしいなと晃一は思った。強気の社長らしくない、抑えたスタートだ。

「わが住宅業界も新規着工件数が前年比で二桁《けた》落ちている。この危機がいつ底を打つのか予想もできないのであります」

　そのまま社長は国際的な同時不況と自社のおかれた厳しい立場を話し続けた。いつ普段どおりの根性論がでてくるかと思ったが、そのまま尻《しり》すぼみで挨拶は終わってしまった。しだいに最上階のパーティルームを満たした中堅社員たちがざわつきだした。晃一も感じていた。なにかよくないことが起きようとしている。人事部長がでてきていった。

「続きまして、緊急ミーティングの本題にはいりたいと思います。みなさん、心しておききになってください。では、源《みなもと》取締役、お願いします」

　源は総務と人事担当の専務だった。薄くなった頭をさげて、口を開いた。弔辞を読むような重苦しい口調である。

「わが社では役員報酬をカットし、派遣社員も雇い止めにしました。それでも新規の仕事は激しく減少を続けるばかりであります。とここにおよんで、正社員の解雇を避けるための万策が尽き果てました。今日お集まりいただいたのは、新たに創設した早期退職者制度への募集をおこなうためであります」

　腹の底からでたうめき声が低く会場を満たしていった。晃一もうわの空である。そこまで会社が追いつめられているとは思わなかった。第一、早期退職者のための新制度など、人事部の自分でさえ初耳なのだ。よほど極秘裏に、おおあわてでつくられたに違いない。

源専務の話はそれから十五分ほどかかったが、晃一の記憶にはまったく残っていなかった。それでも問題はなかったのである。会場を離れるとき、集められた中堅社員ひとりひとりに、新制度の詳細が書かれた数枚の文書が手わたされたからである。

退職金の割増は、基本給の二十八カ月分だった。会社として精いっぱいの数字だろう。その場にいた二百人のうち、リストラ退職が百人、残る百人は子会社への転籍という形をとり、給与はかなりさがるという。いくも地獄、残るも地獄だった。

背中を丸めて会場をでる晃一の心は重かった。危険なのは非正規の社員だけでなく、自分のような正社員でも同じだった。自分だけは安全な砦《とりで》にいると信じていたのに、嵐のなかその砦から追われようとしている。エレベーターのなかでは、誰ひとり軽口をいう者はなかった。自分の感じたことは間違いではなかった。専務の話は、あの会場にいた社員たちを送る弔辞だった。

その夜、晃一は残業せずに帰宅した。

疲れているのに、食欲はまったくない。面接を控えていたからである。会場に集められたリストラ予備軍全員に、後日の個人面談が待っていた。二週間以内に四十代以上のすべての社員に個別で早期退職をすすめるという。人事部にもどると一気に部内の空気が冷えこんでいた。若手社員は中堅の先輩と目をあわせようとしない。晃一は定時までなにをしていたのか、記憶になかった。それは帰り道も同じである。自分が電車にのったことさえ、覚えていなかった。

無言で玄関の引き戸を開けた。ガラスには泥をなすったような跡が残っていて、朝の遼治の様子がよみがえってきた。あの緊急ミーティングの衝撃で、ひとり息子のことなどすっかり忘れていたのだ。玄関の物音をきいて亜紀子がやってきた。

「お帰りなさい。あのあと遼治を医者に連れていって診てもらったの。なんだったと思う？」

妙に華やいでいるのが、気にさわった。なにもいわずに革靴を脱ぎ、玄関をあがった。遼治のスニーカーはぼろぼろで、つま先に穴が開き、元の色がわからないほど色あせていた。うれしそうに妻がいった。

「それがね、極度の疲労と栄養失調なんですって。最近では、こんなことめずらしいって、先生にいわれたわ」

父親から終戦直後の混乱期の話はきいたことがあった。だが、実際に晃一が飢えで倒れる人間を見たのは、遼治が初めてである。六十年たって時代がまたひとめぐりしたのだろうか。

「そうか。遼治はどこにいる?」

「うえの部屋で横になって休んでいるの。あの子、名古屋から十日近くかけて、野宿しながら歩いてきたんだそうよ」

さすがの晃一も驚いてしまった。

「なにっ、あいつは電車賃ももってなかったのか」

亜紀子が首を横に振った。

「なかったんですって。もう江戸時代みたいに歩いて帰るしかない。そう決心して、コンビニで賞味期限切れのお弁当をもらっては、公園の水をのみながら、家まで帰ってきたのよ。男の子って、いざとなるとすごいものね」

情けなくて、泣きそうになった。川西家のひとり息子が、コンビニで腐るまえの弁当を恵んでもらう。一年まえまではそんなことが想像できただろうか。息子は野宿で飢え、親はリストラ要員に指名される。これが世界第二位の経済大国の姿なのか。薄暗い廊下で晃一は全身の震えを抑えることができなかった。

半世紀をわずかに超える人生のなかで、これほど恐ろしい目にあったことはなかった。この家はどうなるのだろうか。自分と息子の未来がまったく見えなかった。

夕食のおかずはまた近所のスーパーの惣菜《そうざい》だった。

更年期うつの亜紀子には台所仕事が困難なのだ。みそ汁とあたたかいごはんを用意するのが限界で、あとは出来あいのおかずをなんとか食卓にならべるだけである。晃一は腰をおろすといった。

「遼治は？」

亜紀子がおどおどと夫に目をやった。

「今はあんまり食欲ないって。夕方におかゆたべたから」

一瞬晃一も迷った。だが、ここで引いてしまえば、すぐに家庭内別居の状態になってしまうのではないだろうか。

「遼治を呼んできてくれ。たべてもたべなくてもいいから、食事のときは顔をだすようにとな」

妻が暗い顔をして、階段をのぼっていった。しばらくして、さあさあという声がうえからきこえてきた。亜紀子に背中を押されて、青い顔をした遼治がやってきた。風《ふ》呂《ろ》にはいって、ジャージに着替えている。それだけでも見違えるようだ。

「お帰り、おやじ」

目を伏せたまま、ひとり息子はそういった。五年ぶりの挨拶《あいさつ》である。晃一も目をあわせられなかった。

「ああ、おまえもよく帰ってきたな」

お椀《わん》をとり、みそ汁をすすった。亜紀子が調子はずれの高い声をあげた。

「あら、遼治のお椀がないわね。今、用意するから」

台所にいってしまう。八畳の茶の間には父と子だけが残された。遼治がいった。

「いきなり帰ってきて、ごめん。一月に明日から仕事はないといわれて、名古屋のほうで何件か求職活動をしていたんだ。でも、どこも全滅で……もち金が底をついて、どこにもいくあてがなくなってしまった」

しぼりだすような声である。昼間リストラの話を会社からきいたばかりの晃一には、そのときの遼治の驚きが想像できた。人を採るときはあれほど慎重な企業も、切るときはなんのためらいもない。だが、会社で三十年近く働いてきた晃一にはわかっていた。それは人の身体でも同じなのだ。おおきな怪我をすれば、手足の血流は抑制され、冷たくしびれてくるだろう。命の資源は生き残りのため胴体中央部に集められるのだ。そうなると、遼治と自分はいつ切り捨てられてもおかしくない手足の末端だったのだろう。

「この二日間くらいはお腹が空《す》きすぎて、歩いていて幻を見たよ」

「どんな幻なんだ」

遼治がじっとこちらを見つめてきた。

「だいたいは学生時代の友達や、派遣先の同僚だったけど、おやじもおふくろもでてきたよ。今より十歳も若い、ぼくが子どものころの姿だった。びゅんびゅんトラックが走っていく国道わきの歩道の先に、ふたりが立っている。おふくろはいうんだ。早くこっちにきなさいって」

夕食がうまくのみこめなかった。味もよくわからなくなる。晃一は口のなかにたべものを詰めたまま、いった。

「わたしはなにもいわないのか」

「うん、なにもいわなかった。ただ先に立って、どんどん歩いていってしまうだけだ」

「そうか」

遼治の目が赤くなっていた。

「怖かった。きっとぼくはもう死ぬんだと思った」

　そのとき台所から茶碗《ちゃわん》とお椀をもって、亜紀子がやってきた。遼治はあわてて指先で涙をぬぐった。亜紀子が晃一をにらんだ。

「あなた、遼治を責めるのはやめてくださいよ。まだ体調だって、本調子じゃないんだから。ついさっきまで点滴打ってたのよ、この子は」

　面倒なので返事はしなかった。遼治はおどけたようにいった。

「でも、なにもたべずに二日間も歩いていると、だんだん身体がしびれてくるんだね。ふわふわと雲のなかでも歩いてる感じだった」

　亜紀子が夕食に加わった。明るい声でいった。

「あなた、想像できる？　この子ったら、うちについたとき二十六円しかもっていなかったのよ。大の大人が二十六円なんてねえ。笑ってしまうわ」

　実際に亜紀子は笑い声をあげてみせた。晃一にはその小銭が腹にこたえた。自分たちの世代よりも、子どもたちのほうがより豊かに暮らせる世のなかをつくろうと、戦後の日本は必死に努力してきたはずだった。それが幾世代かすぎるうちに、こんな結果になってしまった。大卒の晃一の息子は高卒で、正社員にもなれず、十円玉を二枚ポケットにいれて、飢えて街をさまよっている。誰が悪いわけでもないのだろうが、納得はできなかった。

「それで、遼治はどうするつもりなんだ」

ため息をついて、ひとり息子はいった。

「わかってるよ。いつまでも、この家に世話になるつもりはないんだ。東京で仕事を探してみる。選ばなければ、なにかあると思うんだ」

「そうか、わかった。がんばってみろ」

亜紀子が悲鳴のような声をあげた。

「なにいってるの。ちゃんと休んで体力をもどさなくちゃダメよ。うちのほうは遼治がいくらゆっくりしていってもいいからね。ねえ、あなた、そうでしょう？」

晃一はなにもこたえなかった。働くのは面倒なルーティンである。一度怠けてしまえば、元にもどるのは困難なのだ。それよりも自分はこれからどうすればいいのだろうか。この様子では妻にも、遼治にもリストラの話などとても口にできなかった。

みそ汁と白い飯だけ腹に収めて、晃一は風呂場にむかった。ひとりきりになりたい。ゆっくりと考えたい。結婚生活では孤独ほどの贅沢《ぜいたく》はなかった。

数日後、人事部に同期の佐々木が顔をだした。資材調達部の同じく部長補佐である。

「ちょっといいかな」

晃一には仕事はなかった。部下に声をかけて、社内のカフェテリアに移動した。佐々木は人のいない端のテーブルを選んだ。声をひそめていった。

「悪いな、同期のよしみで今回のリストラ策について教えてくれないか。川西は人事だろ、すこしは情報がはいっているはずだ。会社に残った場合の待遇についてなんだが」

このところ、他部署の友人から同じ質問をよく受けていた。

「公式に発表された条件以外は、こちらもよくわからない。子会社に転籍して、そこから本社に派遣される形になる。一律給料は三割カット。そんなところじゃないか」

二十年以上働いてきた正社員が紙切れ一枚にサインをするだけで、派遣になる仕組みだった。遼治のことは笑えないなと、苦い気分で思った。すると佐々木が意外なことをいった。

「おまえのところはいいな」

「なにがだ？」

腕組みをして、佐々木がいった。

「遼治くんだっけ、もう社会人になっているんだろ。住宅ローンももうほとんど終わっているはずだよな」

あの一軒家のローンはあと三年を残すだけだった。二十年以上もよく払い続けたものである。佐々木は苦しげな顔をした。

「うちの子どもたちはまだ中学二年と小学五年だ。これから教育費がかかるってときに、給料三割カットか。公立以外の学校にはもうやれないな。住宅ローンもまだ十年残ってる。今にして思えば、もっと早く結婚して、マンションを買っておけばよかった」

　確かにその点では、自分は恵まれているのかもしれない。ここでも無職の息子のことは口にできなかった。年をとるというのは、どこにいっても口にできないようなことが増えていくことなのだろうか。晃一はいった。

「まったく会社もうまい手を考えたものだ。うちみたいな一部上場から中小企業に転職すれば、だいたい二割から三割の賃金ダウンになる。この会社に残りたいなら、中小と同じ給料をのめというんだからな」

「くそっ、足元を見やがって。吉田の話をきいたか」

　吉田は若いころは設計部の花形で、いくつか建築賞を獲《と》っていたが、上司との折りあいが悪く、出世は同期のなかでも遅れがちだった。

「あいつがうちに見切りをつけて、転職活動を始めたそうだ。大手はどこも採用はしていないが、中小企業をあたると意外に求人が多かったそうだ。このままうちに残っても、絶対に安泰とはいえないしな。退職金割増をもらってつぎの会社にかけるか、うちに残って不景気がすぎるのを待つか。悩ましいところだ」

晃一も心のなかでため息をついた。状況はまったく同じである。五十をすぎた転職が困難なのは、想像するまでもなかった。そのとき倒れていた遼治の姿を思いだした。

「忘れてはいけないことがひとつある。この会社に残るといっても、立場は派遣社員になるんだ。中核的な業務はもうまかせてもらえないだろうし、さらに不況が長引けば今度は簡単に首を切りにかかるだろう。そのときには……」

佐々木がばしんとテーブルをたたいた。遠くの席から若い社員が恐るおそるのぞきこんでくる。

「わかってるよ、当然退職金の割増はないというんだろ。ふざけやがって、人のことをなんだと思っているんだ」

この状況は誰のせいでもなかった。佐々木にも、会社にも罪はない。この不景気が二年三年と続くなら、いくらリストラに必死になっても、会社は立ちゆかなくなるだろう。自分は倒れた息子を見て、負け犬だといった。だが、一部上場企業の正社員という自負をもって懸命に働いてきた自分たちが、気がつけば負け犬になっている。

「川西は落ち着いているな。おまえは、これからどうするんだ」

しばらくなにもこたえられなかった。窓の外のまぶしいオフィス街を見つめて、晃一はようやくいった。

「わからない。こちらも悩んでいるところだ」

そのときちらりとこの景色を見られるのも、長くないかもしれないと晃一は思った。

個人面談を翌日に控えた水曜日だった。夕食の席で、遼治がいきなりいった。

「ハローワークにいってきたよ」

「そうか」

「サービス業のアルバイトなら、けっこうあるみたいだった。どこも時給が八百円くらいだけど」

亜紀子ははらはらしながら父と息子を眺めているようだ。

「えらいね、遼治。まだ身体のほうが本調子じゃないのに」

晃一は妻を無視していった。

「直接雇用の正社員はどうだった」

「そちらはあまり多くない。あっても、特別な資格とか技術を必要とするものばかりだ。ぼく高卒だし、製造業のラインでずっと働いていたから、手に職はない」

晃一は食欲がなかった。炊き立ての飯にお茶をかけて、スーパーのぬか漬けですすりこむ。いくつになっても、こんなものが一番うまいのだから、思えば安あがりな人間である。

「なんですか、あなた。行儀の悪い」

遼治はほとんど食事に手をつけなかった。

「……このまえぼくは玄関で倒れたよね。あのとき、おやじがいったことはきこえていたんだ。舌がしびれて返事はできなかったけど。負け犬っていってたよね」

亜紀子があわてだした。気のやさしいところはあるが、ささいな対立にも耐えられない妻だった。

「いいじゃないの、そんなこと。お父さんの口が悪いのは、遼治もよくわかっているでしょう」

遼治は正座して、頭を垂れていた。判決を待つ罪人のようである。

「あのとき、わかったんだ。ぼくはほんものの負け犬だって。おやじのいうとおり適当な大学にいって、どこか大手の企業に潜りこんでおけばよかった。この世界には安全で得な生きかたがあって、それを選ぶのははずかしいことじゃない。つくづくそう思った。ぼくは力もないのに、厳しい道ばかり選んでいた。その結果がこれだよ。完全な負け犬だ」

晃一は最上階の一室に集められた中堅社員の顔をつぎつぎと思いだした。遼治が負け犬なら、不安げな顔をしてあそこにならんだ面々もみな負け犬だった。佐々木も、自分も当然同類である。茶碗《ちゃわん》と箸《はし》をおいて、正面からひとり息子を見つめた。自分でもなにをいっているのかわからずに、いきなり晃一は口にしていた。

「おまえが負け犬なら、わたしも負け犬だ」

ゆっくりと食卓に頭をさげた。そのとき胸のなかに、なにかがすとんと落ちてきた。この数日ずっと悩んでいた問題のこたえである。正しいか間違っているかはわからなかった。ただ自分がそちらを選ぶのだと納得できただけだ。

「どうしたんですか、お父さん」

亜紀子がわけもわからずに叫んでいる。晃一はかまわずに続けた。

「亜紀子も、遼治もきいてくれ。うちの会社で厳しいリストラが始まった。子会社に転籍して給料を大幅にカットされるか、二十八ヵ月分の退職金割増をもらって会社を去るか。どちらかを選べという。少々待遇は手厚いが、やっていることは遼治の働いていた工場と変わらない」

呆然《ぼうぜん》としているのは亜紀子だった。

「そんなことがあったんですか、お父さん。あなたはいつもひとりで問題を抱えこんで、誰にも相談しないんだから」

「すまなかった。だが、わたしはこういう人間だから」

「それで、父さんはどうするの」

遼治が子どものころの呼びかたで父親を呼んだ。晃一の腹は決まっていた。

「会社を辞めることにした」

亜紀子が硬直していた。茶碗を胸に押しあて叫んだ。

「なんですって」

ふっと肩の力を抜いて、晃一は笑った。この数日間、ずっと緊張していたのだろう。三十年近く働いた会社を辞めるかどうかの決断なのだ。あたりまえである。

「もう決めたんだ。許してくれ。仮に残っても、今度は派遣社員だ。遼治と同じように明日からいらないといわれても、なんの文句もいえない。いい仕事もできなくなるだろう。だいたい派遣社員が新卒採用を担当するなど、おかしな話だ」

何日かまえに晃一がしたのと同じ質問を、今度は遼治が繰り返した。

「それで、父さんはどうするの」

「退職金の割増分でこの家のローンはきれいに終わると思う。あとはゆっくりとつぎの仕事を探すかな。おまえといっしょにハローワークにかようのも悪くないかもしれない」

遼治がはじけるように笑った。

「父さんがハローワーク」

「ああ、わたしも負け犬の一年生だからな」

仕事はきっとなんとかなるだろう。夫婦ふたりの生活を立てるだけの収入でいいのだ。もう高望みはしない。世間なみと自分を比べることもなかった。だが、人生の半分以上を終えてしまった自分と遼治は違った。

「遼治は、どうする？」

「どうもこうもないよ。なんでもいいから、仕事を探して稼がなくちゃ。この家をでなくちゃいけないしね」

もうこの展開についていけなくなったようだった。亜紀子は夫と息子の顔を交互に見ている。テニスの試合の観客のようだ。思い切って、晃一はいった。

「そのことなんだが……」

「なあに」

「そろそろ本腰をいれて、働くことを考えたらどうだ」

遼治が口をとがらせた。

「どういう意味？　ぼくは高卒だし、今どき一部上場の大企業で、中途採用なんて一件もないんだよ」

働くことには、誰でもプライドをもっている。そのことはリクルート関係の仕事をしていた晃一にはよくわかっていた。だが、これまでそれを自分の息子にはあてはめられなかったのである。期待していたし、心配もしていた。愛してもいた。自分よりもっといい仕事をして、素敵な女性と結婚して、豊かに幸福になってもらいたい。よい願いから生まれた強制が、こうして親子の関係をねじれさせてしまった。もうとり返しはつかないのだろうか。

「そんなことをいっているんじゃない。これ以上適当なアルバイトを転々として、若さをくい潰《つぶ》すことはないんじゃないか。遼治にはほんとうにやりたいことはなにかないのか。音楽やゲームでなく、さして華やかではなくても自分が一生をかけて悔いのない仕事はないのか」

晃一も真剣だった。人に夢をきくのは、本来自分の志と刺し違えるほどの重大事だったはずだ。いつから誰もが気安く夢を質問しあうようになったのだろうか。生きがいや仕事や夢は、手軽なアンケートの一項目ではない。十年二十年と胸に秘めて、ひそかに努力を続ける。それがたとえ指先だけでもほんものの夢に手をかけるということではなかったのか。

遼治は照れたようにうつむいた。ポケットのなかから、携帯電話を抜いた。飴《あめ》色の革でできたストラップがついている。

「ぼくは職人になりたい。もう誰かに命令されて、時間に追いまくられるんじゃなく、自分のペースで思う存分働いてみたい。この革を見てよ。もう三年つかってるんだけど、すごくいい色になってきた」

食卓のストラップを手にとった。型押しで、ＲＹＯＵＪＩと名前が刻まれていた。ローマ字をとり巻くように唐草《からくさ》の立体感のある模様が浮きあがっている。傷だらけだが、透明感のあるいい質感だった。

「友人のところで、職人を募集してるんだけど、そこは最初の二年間はほとんど給料がでないんだ。それじゃあ、生活できないからあきらめた」

この子は生まれてから、あきらめることしかしらなかったのだ。それが時代のせいか、親のせいかは、晃一にはわからなかった。そろそろあきらめないことを息子に選ばせてやりたかった。

「やってみればいいじゃないか」

「だけど……」

「この家にいて、アルバイトをしながらかよえばいいじゃないか。二年なんて、すぐだ。それで一生の仕事が見つかるなら、安いものだ」

「あなたー」

亜紀子が泣いていた。なにをこんなにとり乱すのだろうか。これも更年期の症状のひとつだろうか。晃一が驚いたことに、遼治まで涙ぐんでいる。

「どうしたんだ、子どもみたいに」

遼治が天井をむいて、涙をこらえていた。

「ぼくはずっと父さんの子どもだよ。だけど、ほんとうにそれでよかったと思ったのは、今日が初めてだ」

晃一はおかしいなと思った。ちいさな食卓のむこうにいるひとり息子がゆらりと揺れて見えたのである。手のなかにある携帯ストラップに目をさげると同時に、ぽつりと涙が落ちた。自分が泣いている？　この四十年ほど泣いたことなど一度もなかった。

泣き笑いの声で晃一はいった。

「おまえ、いったいいくつになるんだ」

遼治も泣き笑いだった。

「二十三」

「そうか、二十三年間、一度もわたしの子でよかったと思わなかったのか」

息子はもうただうなずくだけだった。亜紀子がエプロンの裾《すそ》で涙をふいていった。

「ねえ、みんなで一杯やらない？　お歳暮でもらったワインが残ってるの。なにかお祝いのときのためにとっておいたんだけど」

晃一は不思議だった。なぜ家族三人がそろって照れながら泣いているのだろうか。

「いったいなんの祝いなんだ」

遼治が切り返した。

「父さんがリストラされるお祝いだよ。三十年間ごくろうさま」

亜紀子がワインをとりに台所にむかった。そうだ、三十年だと晃一は思った。そのあいだに亜紀子と結婚して、遼治が生まれた。仕事は懸命にがんばったが、さして出世はしなかった。会社には要領のいい人間もいたし、要領の悪い人間もいた。自分はどちらかといえば、悪いほうだったのだろう。そのあいだに何回も景気の波がやってきて去っていった。百年に一度の危機がなんだというのだろう。どんな波もいつかは必ずすぎ去っていく。普通の人間は波の面に顔をだし、ただ息をしてしのげばいいのだ。きっとこの波も越えられる。

さて、会社では明日の朝一で個人面談が待っている。人事部長の平本に、どうやって辞意を告げようか。晃一はワイングラスのたのしげな音をききながら、最初の言葉を探した。

あとがき

ここに収められた十二の短篇のうち、半数以上は直接当人から話をきき、小説に仕立て直したものです。打ちあわせにむかうタクシーのなかだったり、テレビ局のスタジオだったり、サイン会を開いた本屋さんの店先だったり……。作家は予想もしないときに小説の種を手わたされるのです。みなさんそれがどれほど見事な花を咲かせるか考えもしないので、あれほど素敵な自分のライフストーリーを、とおりすがりの作家などに託してしまえるのでしょう。実に太っ腹です。心あたりのあるかたがた、ほんとうにありがとう。

この本のなかには、地球の危機を救うヒーローもいなければ、悲恋に身を焦がすヒロインもいません。日々を懸命に生きる等身大の人物がいるだけです。目のまえで起きていることに目を凝らし、それをきちんと書き留めていく。それは作家の数ある仕事のなかでも、とても大切で順位の高い要件のひとつです。

多くの人と同じものを見て、同じように苦しむ力。それが作家にとって一番信頼できる能力なのです。三年間にわたる連載のさなかには、世界的な金融危機が発生しました。そこからは仕事と雇用をめぐる作品が増えてきたのも、ぼくにとってはごく自然なことでした。時代の坂道の傾斜は険しくなり、いつのまにか絶壁が目のまえにそそり立っています。誰もが手と足を踏ん張って、なんとか斜面にかじりつく。そうしなければ滑り台のように安全ネットのない奈落《ならく》に転げ落ちていく。そんな時代がやってきたのです。

けれども、ぼくたちはバブル崩壊後二十年を思いだしましょう。あの不景気だって、デフレだって、円高だってのり切ってきたのだ。きっと今回もだいじょうぶ。いまから数年後、この『再生』が文庫化されるときには、笑いながら昔のニュースを懐かしむ日がやってくるでしょう。それまではこの短篇集でも開いて、世界の片隅に自分と同じように悩み、苦しみ、でも自分を捨てずにがんばっている人がいることを思いだしてください。

未来がどうなるかはわからない。でも、ぼくはわが同胞の過去と現在の力を信用しています。買いかぶりでも、自信過剰でもなく、ぼくたちがこの数十年間に成し遂げたことは、世界の文明史上のエレガントな奇跡のひとつです。あきらめずにゆっくりとのぼり坂のジョギングを続けていきましょう。

では、三年間の長期マラソンにつきあってくれた伴走者にひと言お礼を。

「野性時代」編集部の松崎夕里さん、毎回遅れがちな締め切りをよくこらえてくれました。どうもありがとう。角川書店第一編集部、山田剛史さん。いつのまにか名刺の社名が変わっていましたね、これからもよろしく。最後に十年以上にわたって縮小してきた本の世界を支える関係者のみなさまへ。明けない夜と終わらない小説はありません。いつかみんなでウハウハする日を目指して、ゆっくりと本好きの同志を増やしていきましょう。

二〇〇九年　　桜満開の四月最初の金曜夕べに

石田衣良

解説　十二の小さなチャイム

中村　航

お会いするまで、石田衣良さんといえば、モテる人というか、モテるキャラというか、ともかくモテモテ兄さんであるというイメージを持っていた。

だけど実際に会ってみたらモテる人ではなかった、という話ではなくて、そういうオーラはもちろん十二分にあるのだが、案外男子校的な雰囲気が強いことに驚いてしまった。兄貴というか、ちょっとワルくて頼りがいのある先輩というか、ともかく男だけになると一瞬で、僕らのリーダー、という感じになる。

「中村くんさ、こっちにおいでよ。こっちはいいよー」

初めてお会いしたとき、爽《さわ》やかに言われた。

〝こっち〟というのがどっちなのかわからないけれど、衣良さんの口から放たれる〝こっち〟というのは、何だか魅惑的で、怪しい光を放っていた。

「中村くん、そろそろこっちに来なよ！」

二回目にお会いしたときにも、爽やかに言われた。行きますよ！　兄貴！　行きますよこの野郎ですよ！　と思った。〝こっち〟というのがどっちなのかよくわからないけど、それはともかく僕が今いない場所だ。要するに、〝突き抜けろ〟ということだ、と勝手に解釈してみた。

それでいいですよね、兄貴！

と、そんな話はさておき、本題に移ろう。本作は『再生』という名の下に集められた、十二の短編小説集だ。それぞれの小説は、二〇〇六年末から二〇〇九年春にわたって、隔月のペースで小説誌に発表された。三年間の連載のさなかに、世界的な金融危機が起き、そこから仕事と雇用をめぐる作品が増えていった、とあとがきにはある。

〝目のまえで起きていることに目を凝らし、それをきちんと書き留めていく。それは作家の数ある仕事のなかでも、とても大切で順位の高い要件のひとつです〟

一字一句間違いなく、その通りだと思う。僕らには「失業率が高止まりしている」

というような情報だけではなく、物語が必要なのだ。物語は個人の中に深く留《とど》まり、また他者へと継がれていく。そのことにより、感情や意志を共有することができる。そして大げさに言えば、やがて人類の叡智《えいち》のようなものが生まれる。江戸時代、心中事件や殺人事件が起こると、すぐさま、例えば近松門左衛門が事件を題材にした戯曲を書き上げ、素早く舞台にかけられた。その間、一ヶ月とかそれくらいのスピードだったらしいのだが、それらの戯曲、演目は、現代まで継がれ、今なお我々の心を打っている。

近松と重ねているわけではないのだが、衣良さんはともかく目の前で起こっていることを、かなり意識的、自覚的に小説に取り込んでいる。そのスピーディさとスマートさには、いつも圧倒される。情報や記憶を物語にまで昇華させるのには、普通は時間がかかるものだ。

目の前で起きていることを小説にするのは、実はとても勇気がいることだ（衣良さんは自然なことだと言われるが）。だって起こったことは、起こってからしばらく経たないと、検証すらできない。あれがなんだったか理解するのに、僕らは思ったより長い時間を必要とする。

そして新しいことを書こうとすると、宿命的に古びていくのも早い。例えばこの本でも、二〇〇九年春に書かれた単行本のあとがきを今読むと、どうしても二〇一一年の震災を思いだしてしまい、若干の違和感を覚える。

〝世界金融危機〟が影を落としているこの作品群だが、二〇一二年の今、読んでみると、どんな印象を受けるのだろう……。

おそらく衣良さんには、ある種の覚悟があって、また諦《あきら》めのようなものもあるのだろう。これを今表現すると、もしかしたらこの部分はスポイルされるかもしれない、だけどそういうのは引き受けよう、といった感じの覚悟。

それは僕にはまだ持てない種類の覚悟で、衣良さんの言われる〝こっち〟というのは、そのことだと解釈してもさしつかえないかもしれない。つまり、

「中村くん、そろそろ腹を決めなよ！」

と、僕は言われたということだ。

作家の仕事は、ある情報をリツイートすることではなく、ともかく物語を紡ぐことだ。否応《いやおう》なく時代とコミットする僕らは、今目の前で起きていることから逃げられるわけはない。物語が古びてしまうことや間違ってしまうことを怖れて、今書かないのなら、大切な物語の萌芽《ほうが》が、消滅してしまうじゃないか――。

この小説集を読んで、そんなことを考えさせられた。そしてまた、物語がそんなに

簡単に古びてしまうほどヤワではないことも、思い知らされた。

十二の物語に出てくる人物たちは、それぞれ不幸であり、それぞれに平凡でもある。〇〇すればいいじゃん、と情報としては処理できるような不幸も、登場人物にとっては出口のない、圧倒的な不幸だ（そう捉《とら》えられるのも物語の力だろう）。

やがてささやかとも思える奇跡が、彼らを照らし、赦《ゆる》し、また救っていくのだが、そのさまに読み手の心は揺さぶられる。知り合いの話としてもありそうで、でもなかなかはないような、絶妙な設定がたまらない。半数以上は実話をもとにした小説ということで、ところどころ、ああこれは実話なんだろうな、という感じも伝わってくる。だけどこの十二の物語は、寓話《ぐうわ》のようでもある。現代の神話みたいだ、と言ってもいい。こんなに近くにありそうな話なのに、寓話性や、神話性が、どの物語にもちゃんと宿っている。

「流れる」は、恋人にふられたOLの、壮大な復活劇だ。

絶体絶命に傷つき、生命の危機を感じるほどの三週間。ただふられただけなのに、人はこんなに傷ついてしまう。そして友人とご飯を食べたり、合コンをしたり、といった当たり前の道を辿《たど》って、彼女は復活していく。恋人の額にバカと書くラストシーンは、凄《すご》く痛快だ。おかえり！　立ち直ってくれてありがとう！　と主人公を抱きしめたくなる。

「東京地理試験」の主人公は、将棋好きな単なるおっさんだ。彼は実直で、誠実で、できない勉強を頑張っている。彼に惹《ひ》かれるような気持ちは全くないのだが、読んでいるとしまいには彼のことを本気で応援してしまう。頑張れ！　パークハイアットとグランドハイアットは違うぞ！　センチュリーハイアットも違う！　最後にちょっとした奇跡が起きて、彼が試験に全問正解したとき、自分も立ち上がって拍手したくなるような気持ちになっていた。

「銀のデート」は、涙なくしては読めなかった。

ラストシーンは若くない男女の、二度目の初デートだ。もしかしたら今ごろ銀座で、こんな物語を持った人が、本当にデートしているかもしれない。こんな物語を将来持つ人たちが、デートをしているのかもしれないな、とも思う。

「仕事始め」の主人公は、仕事のプレッシャーのため心身に変調をきたしている。彼は恋人の助けもあって自分の病気を認め、回復に努めていく。そしてゆっくりと、自分を認めていく。まあ、まあ、ちょっとずつ頑張ろうよ、なんて話しながら、彼にはビールをおごってあげたい。

「海に立つ人」で、主人公は海で骨を撒《ま》く女性と出会う。

生と死の生あたたかな波打ち際を歩くラストシーンは、息を呑《の》むほどきれいだ。

「火を熾《おこ》す」では、主人公たちが、熾した火を中心にそれぞれの今後を誓う。

焚《た》き火なんてのは、それだけで奇跡を含んでいるのかもしれないな、と思った。火を熾して、イモを焼いてバターを落として食べること、それだけでも人は奇跡を感じることができるのかもしれない。

十二個の奇跡は、耳を澄まさなければ聞こえないほどの、小さな奇跡だ。

だけど小さな小さな主人公たちの魂が鳴らす、十二の小さなチャイムの音を、僕らは確かに聞くことができる。

チャイムの音は、人が営みをあきらめないかぎり、今日もどこかで鳴り続けている。

本書は、小社より二〇〇九年四月に刊行された
単行本を文庫化したものです。

再生《さいせい》

石田衣良《いしだいら》

平成24年 6月25日　初版発行
令和7年 1月10日　9版発行

発行者●山下直久

発行●株式会社KADOKAWA
〒102-8177　東京都千代田区富士見2-13-3
電話　0570-002-301（ナビダイヤル）

角川文庫 17403

印刷所●株式会社KADOKAWA
製本所●株式会社KADOKAWA

表紙画●和田三造

●お問い合わせ
https://www.kadokawa.co.jp/（「お問い合わせ」へお進みください）
※内容によっては、お答えできない場合があります。
※サポートは日本国内のみとさせていただきます。
※Japanese text only

ISBN978-4-04-100332-9　C0193

角川文庫発刊に際して

角川源義

第二次世界大戦の敗北は、軍事力の敗北であった以上に、私たちの若い文化力の敗退であった。私たちの文化が戦争に対して如何に無力であり、単なるあだ花に過ぎなかったかを、私たちは身を以て体験し痛感した。西洋近代文化の摂取にとって、明治以後八十年の歳月は決して短かすぎたとは言えない。にもかかわらず、近代文化の伝統を確立し、自由な批判と柔軟な良識に富む文化層として自らを形成することに私たちは失敗して来た。そしてこれは、各層への文化の普及滲透を任務とする出版人の責任でもあった。

一九四五年以来、私たちは再び振出しに戻り、第一歩から踏み出すことを余儀なくされた。これは大きな不幸ではあるが、反面、これまでの混沌・未熟・歪曲の中にあった我が国の文化に秩序と確たる基礎を齎らすためには絶好の機会でもある。角川書店は、このような祖国の文化的危機にあたり、微力をも顧みず再建の礎石たるべき抱負と決意とをもって出発したが、ここに創立以来の念願を果すべく角川文庫を発刊する。これまで刊行されたあらゆる全集叢書文庫類の長所と短所とを検討し、古今東西の不朽の典籍を、良心的編集のもとに、廉価に、そして書架にふさわしい美本として、多くのひとびとに提供しようとする。しかし私たちは徒らに百科全書的な知識のジレッタントを作ることを目的とせず、あくまで祖国の文化に秩序と再建への道を示し、この文庫を角川書店の栄ある事業として、今後永久に継続発展せしめ、学芸と教養との殿堂として大成せんことを期したい。多くの読書子の愛情ある忠言と支持とによって、この希望と抱負とを完遂せしめられんことを願う。

一九四九年五月三日

角川文庫ベストセラー

約束　石田衣良

池田小学校事件の衝撃から一気呵成に書き上げた表題作はじめ、ささやかで力強い回復・再生の物語を描いた必涙の短編集。人生の道程は時としてあまりにもハードだけど、もういちど歩きだす勇気を、この一冊で。

美丘　石田衣良

美丘、きみは流れ星のように自分を削り輝き続けた……平凡な大学生活を送っていた太一の前に現れた問題児。障害を越え結ばれたとき、太一は衝撃の事実を知る。著者渾身の涙のラブ・ストーリー。

5年3組リョウタ組　石田衣良

茶髪にネックレス、涙もろくてまっすぐな、教師生活4年目のリョウタ先生。ちょっと古風な25歳の熱血教師の一年間をみずみずしく描く、新たな青春・教育小説！

白黒つけます!!　石田衣良

恋しなくなったのは男のせい？　それとも……恋愛、教育、社会問題など解決のつかない身近な難問題に人気作家が挑む！　毎日新聞連載で20万人が参加した人気痛快コラム、待望の文庫化！

TROISトロワ　恋は三では割りきれない　石田衣良　佐藤江梨子　唯川恵

新進気鋭の作詞家・遠山響樹は、年上の女性実業家・浅木季理子と8年の付き合いを続けながら、ダイヤモンドの原石のような歌手・エリカと恋に落ちてしまった……愛欲と官能に満ちた奇跡の恋愛小説！

角川文庫ベストセラー

ドミノ　恩田陸

一億の契約書を待つ生保会社のオフィス。下剤を盛られた子役の麻里花。推理力を競い合う大学生。別れを画策する青年実業家。昼下がりの東京駅、見知らぬ者同士がすれ違うその一瞬、運命のドミノが倒れてゆく！

ユージニア　恩田陸

あの夏、白い百日紅の記憶。死の使いは、静かに街を滅ぼした。旧家で起きた、大量毒殺事件。未解決となったあの事件、真相はいったいどこにあったのだろうか。数々の証言で浮かび上がる、犯人の像は――。

GOTH　夜の章・僕の章　乙一

連続殺人犯の日記帳を拾った森野夜は、未発見の死体を見物に行こうと「僕」を誘う……人間の残酷な面を覗きたがる者〈GOTH〉を描き本格ミステリ大賞に輝いた乙一の出世作。「夜」を巡る短篇3作を収録。

失はれる物語　乙一

事故で全身不随となり、触覚以外の感覚を失った私。ピアニストである妻は私の腕を鍵盤代わりに「演奏」を続ける。絶望の果てに私が下した選択とは？　珠玉6作品に加え「ボクの賢いパンツくん」を初収録。

サウスバウンド（上）（下）　奥田英朗

小学6年生の二郎にとって、悩みの種は父の一郎だ。自称作家というが、仕事もしないでいつも家にいる。ふとしたことから父が警察にマークされていることを知り、二郎は普通じゃない家族の秘密に気づく……。

角川文庫ベストセラー

オリンピックの身代金 (上)(下)　奥田英朗

昭和39年夏、オリンピック開催を目前に控えて沸きかえる東京で相次ぐ爆破事件。警察と国家の威信をかけた捜査が極秘のうちに進められる。圧倒的スケールで描く犯罪サスペンス大作！　吉川英治文学賞受賞作。

幸福な遊戯　角田光代

ハルオと立人とわたし。恋人でもなく家族でもない者同士の共同生活は、奇妙に温かく幸せだった。しかし、やがてわたしたちはバラバラになってしまい――。瑞々しさ溢れる短編集。

ピンク・バス　角田光代

夫・タクジとの間に子を授かり浮かれるサエコの家に、タクジの姉・実夏子が突然訪れてくる。不審な行動を繰り返す実夏子。その言動に対して何も言わない夫に苛つき、サエコの心はかき乱されていく。

薄闇シルエット　角田光代

「結婚してやる」と恋人に得意げに言われ、ハナは反発する。結婚を「幸せ」と信じにくいが、自分なりの何かも見つからず、もう37歳。そんな自分に苛立ち、戸惑うが……ひたむきに生きる女性の心情を描く。

GO　金城一紀

僕は《在日韓国人》に国籍を変え、都内の男子高に入学した。広い世界へと飛び込む選択をしたのだが、それはなかなか厳しい選択でもあった。ある日僕は、友人の誕生パーティーで一人の女の子に出会って――。